ro
ro
ro

Botho Strauß, 1944 in Naumburg/Saale geboren, lebt in Berlin. Bei seinem Hausverlag Hanser erschienen neben einer vierbändigen Werkausgabe seiner Stücke die Reihe seiner Prosabände von *Paare, Passanten* (1981) bis *Der Untenstehende auf Zehenspitzen* (2004), *Mikado* (2006), *Die Unbeholfenen* (2007), *Vom Aufenthalt* (2009) und die erweiterte Ausgabe der Essays *Der Aufstand gegen die sekundäre Welt* (2012).

Der Schriftsteller, Musiker und Schauspieler **Heinz Strunk** wurde 1962 in Hamburg geboren. Sein Buch *Fleisch ist mein Gemüse* verkaufte sich über 400 000-mal. Es ist Vorlage eines preisgekrönten Hörspiels, eines Theaterstücks und eines Kinofilms. Auch die darauffolgenden Bücher des Autors – *Die Zunge Europas, Fleckenteufel, Heinz Strunk in Afrika* und *Junge rettet Freund aus Teich* – wurden zu Bestsellern.

Botho Strauß

Der zurück in sein Haus gestopfte Jäger

Herausgegeben von
Heinz Strunk

Rowohlt Taschenbuch Verlag

Originalausgabe
Veröffentlicht im Rowohlt Taschenbuch Verlag,
Reinbek bei Hamburg, April 2014

Umschlaggestaltung Frank Ortmann
Innentypografie Daniel Sauthoff, Hamburg
Satz Arno Pro OTF (InDesign) bei
Pinkuin Satz und Datentechnik, Berlin
Druck und Bindung Druckerei C. H. Beck, Nördlingen
Printed in Germany
ISBN 978 3 499 26755 0

Der zurück in sein Haus gestopfte Jäger

Ein Mann, durch Schläge und Beraubung so erniedrigt, daß er sich kaum noch aufrecht hält und immer wieder auf die Erde gleiten muß, von einer Bank im Park, von einem Sessel im Schuhgeschäft oder auch mitten auf einer Fahrbahn, wo er sich, zu Boden gestreckt, mit beiden Händen vorwärtsstoßend, über die Fahrbahn schleift, die Wange mit halb geöffnetem Mund über den Kieselpfad oder den Asphalt ziehend, die ganze rechte Gesichtshälfte schon blutig geschürft. Seine Frau hält auf der Straße alle Wagen an, solange das krauchende Wesen die Fahrbahn überquert. Bis es zwischen den Leitplanken des Mittelstreifens wie eine erschöpfte Echse mit der Schnauze in den Abfall sinkt, Nahrungsreste von Dosenrändern und Joghurtbechern leckt und sich kindlich zusammenrollt im Dreck: «Da, wo ich hingehöre.» Die Frau muß ihn nun allein lassen, sie kann ihn niemals dazu bewegen, mit ihr wieder nach Hause zu kommen. Ganz still, erschüttert und doch einsichtsvoll hilft sie ihm, wartet sie dem Kriechmenschen auf und kehrt immer wieder zu ihm zurück, während er täglich ein

Stück weiterkommt, sich erzlangsam seinem Ziel nähert, das hinter den Straßen, den Häusern ihm verheißen: die Blauen Berge der Großen Deponie.

Sie konnte es nie verwinden, damals nicht das letzte Wort gehabt zu haben. Nun sitzen sie noch einmal voreinander, vierzig Jahre nach ihrem unversöhnlichen Abschied. Beide mit etwas fahrigen Händen, und es sind die seinen, die sich beschwichtigend auf ihren Unterarm legen und die sie, wiederum unversöhnt, von ihrem Arm nimmt und ihm zurückgibt, still und mit trauriger Entschlossenheit, die alten Hände, die er wieder zu sich nimmt und mit gekrümmten Fingerkuppen an die Tischkante hängt. Sie sagt: «Ich habe damals vergessen, dich zu verfluchen. Ich hole es nach: Verdirb!»

Botschaft eines Kambodschaners an seine Frau, bevor er von den Roten Khmer hingerichtet wurde:

> «Ich liebe dich, aber du wirst es nie erfahren.
> Denn du bist ein Stern, und ich bin nur
> ein Erdenwurm, der zermalmt wird.»

Denn der Staub ist dunkel und das Schicksal versagt mir den Stolz des tapferen Kämpfers, der, deiner Liebe würdig, untergeht. Als Opfer, als einer, der aus seinem Haus gefangen wurde, bin ich so verschwindend und unbedeutend, daß du mich in der Reihe der Opfer nicht einmal wiedererkennen würdest. Ich schäme mich, daß ich, dein Mann, ein solch Unbekannter und wahllos Gegriffener der feindlichen Mordmaschine bin. Mein Tod ist eine klägliche und unentschuldbare Verfehlung in der großen und grenzenlosen Geschichte unserer Liebe. Du Überlebende bist unendlich über mir; dem Nichts, dem Erdenwurm erscheinst du wie ein Stern. Der Stern wird von der Liebe des Nichts nie erfahren. Und doch ist sie ewig, denn diese Botschaft besitzt die allmächtige Kraft dessen, was ein Mann zuletzt gesagt hat.

Ein Mann, dem sich die Dinge, die er begehrlich betrachtet, unverzüglich an den Leib kopieren. Er steht vor einem Antiquitätenladen. Er ist *verliebt* in eine zierliche Taschenuhr. Wenig später wird sie ihm, in Form eines billigen Imitats, aus der rechten Wange operiert. Er hatte versucht, das Teil aus seiner Haut zu reißen, es hing noch am Gewebe und wuchs in die Wunde zurück.

Der zerschlissene Mensch in seinem einzigen, einst königsblauen Overall, verdreckt, mit einem Pflaster auf der dünnen Backe, trat in die U-Bahn, und irgend etwas Ebennoch-Bewußtes, Reste seiner zerfetzten Selbstvergewisserung sagten ihm, daß er falsch eingestiegen war. Sein Kopf zitterte leicht voraus dem Verstehen, zitterte wie eine Nadel an einem Detektor oder uralten Seismographen. Der Kopf, der brüchige Bienenkorb da mitten auf seinen Schultern, dies Ding zur Hinhaltung des Todes, war kaum mehr noch als ein kleines Frühwarnsystem, das das verbrauchte Individuum davon zurückhalten sollte, stets und überall das Falsche zu tun, die schlechteste Richtung zu wählen. Kurz bevor die U-Bahn anfuhr, verließ der Zerschlissene den Wagen wieder. Oh, all die Abgerissenen einer Stadt, die schnell in die Züge treten und kurz vor der Abfahrt wieder hinauslaufen!

Die freien Wege erfindet die Box, cysta cogitans, und alle führen in sie zurück.

Wir tasten im schwarzen Korb nach der Stelle, wo das bleichere Dunkel, die Wörter ...

A., nur ein Parteigenosse, ein Mitläufer im Nazi-Regime, sitzt, jetzt als ein alter Mann, vorn in einem Kino und plötzlich in einer alten Wochenschau oder einem Hitler-Dokumentarfilm erkennt er sich wieder im schreienden Volk, sieht er sich, den jungen brüllenden Mann, in einer Großaufnahme. Ja, denkt er und fühlt sich anonym bis in die Fingerspitzen, ich war dabei, ich habe geschrien, ich war ein Volk – ein Schrei. Jetzt sitze ich allein unter vielen

Jungen in einem dunklen Kino, lauter kritische Köpfe, die sich nur wundern können über unseren Schrei, die sogar in johlendes Gelächter darüber ausbrechen und keinerlei Ehrfurcht vor dem Bösen empfinden.

Ein ehemaliger Kursteilnehmer bei uns, ein junger Telefontechniker, Züchter von Weimaranerhunden im Nebenberuf, kam am frühen Nachmittag, etwas zu früh, von seiner Arbeit nach Hause. Er fand seine Wohnung kahl, vollkommen ausgeräumt. Seine Frau aber stand an der nackten Wand, lehnte mit dem Rücken an, und ihr gegenüber, ebenfalls mit dem Rücken an die nackte Wand gelehnt, stand ein Mann, den er nie zuvor gesehen hatte. Mit ihm lag jedoch seine Frau in den letzten, erschöpfenden Zügen eines langen Streits, eines die Affäre beendenden, wie es schien, da die Sätze, die sie jetzt noch wechselten, wie aus einer längst ausgepreßten Leidenschaftsfrucht troffen und ihr Sinn ins Abstruse entwich.

Er, der Fremde, sagte: Wenn wir die Möbel tiefer ins Zimmer gerückt hätten ... Tiefer, ganz tief, nach hinten, noch tiefer ...

Seine ihm nicht weniger fremde Frau sagte: Das Zimmer ist nicht so tief, daß man sich irgend etwas hätte vom Leib rücken können, und schon gar nicht, um es genau zu sagen, mich etwa –

Da bemerkte er an seiner Frau ein vorher nie gesehenes Rucken des Kopfes, und zwar zu dem anderen hin, dem Fremden, so wie man jemanden mit angehobenem Kinn auf- oder herausfordert: Komm Komm Komm! … Ich zeig es dir! Aber nichts kam mehr von der anderen Seite. Sie ruckte den Kopf auffordernd, ohne noch etwas zu erwarten, als ob es schon eine Marotte geworden war.

Der Mann, der heimkehren wollte, drehte dieser ihm vollkommen unbegreiflichen oder unzugänglichen Realität kurz entschlossen den Rücken, verließ die Wohnung und unternahm erst Stunden später einen zweiten Versuch nach Hause zu kommen. Tatsächlich fand er diesmal seine Wohnung komplett so eingerichtet vor, wie er sie am Morgen verlassen hatte. Auch begrüßte ihn wie üblich seine Frau, wenn auch die Zeichen der Erschöpfung nicht ganz von ihr gewichen waren. Doch ein dritter Mensch befand sich augenscheinlich nicht mehr in seinen vier Wänden. Also ließ er die Sache auf sich beruhen.

Zur Disproportion von Seele und Komfort: es ist lächerlich, mit einem Handy am Ohr gekrümmt am Bartresen zu sitzen, zu horchen, zu sprechen und eine anderswo zu einem radikalen Abschied bereite Person durch ständig wiederholte Anrufe umstimmen zu wollen, dabei aber selber ein reales Fragezeichen zu verkörpern vom gebeugten Kopf über den buckligen Rücken bis zur Kehre in den Knien und den Unterbeinen, die sich ins Gestänge des Barhockers klemmen.

Unvermietetes Zimmer. Im leeren Raum am Fenster mit der Lamellenjalousie steht Franz K. und liest in einem großen Unterhaltungsmagazin. Er liest, wie ein italienischer Jude am Betreten eines Volksbads gehindert wurde. Wie einem portugiesischen Juden von einer Taxen-Kutsche über die Zehen gefahren wurde. Wie einem deutschen Juden die Lehrerlaubnis an der Universität entzogen wurde. Jedesmal, wenn er in diesem Unterhaltungsmagazin von der Demütigung eines Juden liest, ist er so betrübt, daß er um eine Elle kleiner und etliche Pfunde leichter wird, bis er schließlich auf Däumlingsgröße und Strohhalmgewicht geschwunden ist und nicht weiter im Unterhaltungsmagazin von den immer greulicher werdenden Mißhandlungen der Juden lesen kann.

Es gelingt ihm, sich auf die Fensterbank zu schwingen und zwischen den Lamellen der Jalousie hindurchzuklettern mit keinem anderen Ziel vor Augen, als sich aus dem unvermieteten Zimmer, das sich im dreiundzwanzigsten Stockwerk eines Hochhauses befindet, in die Tiefe zu stürzen. Doch ist er vor Gram und Entsetzen so geschwächt, daß es ihm unmöglich wird, das dichtschließende, sicherheitsverriegelte Fenster zu öffnen. Da er wegen seiner senfkornkleinen Augen aber keine Buchstaben mehr lesen kann, ist es ihm auch nicht möglich, *im Zuge der Geschichte* bis auf Staubfasergröße hinunterzuschwinden und sich schließlich durch eine Ritze ins Freie zu schleichen. So bleibt er ein klägliches Zwischending, eine halbe Kleinigkeit, eingeklemmt zwischen Fensterrahmen und Fensterfüllung. Etwas, das sich weder vor noch zurück bewegen kann. Dabei wird die Sehnsucht, sich in die Tiefe zu stürzen, immer unbezwinglicher und immer unerfüllbarer. Er war ja der einzige Bewerber für dieses unvermietete Zimmer gewesen, das im übrigen für unvermietbar angesehen werden mußte, da es schlecht geschnitten, schlecht gelegen war. Er war der einzige Bewerber und hatte sich beim Warten auf den Makler in dieses große Unterhaltungsmagazin vertieft, das vorher derselbe Makler nach einem (seinerseits) vergeblichen Warten auf einen Kunden liegengelassen hatte. Er selber kam nun als Bewerber für das unvermietete Zimmer nicht mehr in Frage, und ein nächster, der das Fenster endlich hätte aufreißen können, stand nicht in Aussicht.

Wenige Schallpartikel genügen, um eine perfekte Klangwiederherstellung eines verschollenen Tondokuments zu ermöglichen. Eine Spur Schweiß aus dem Schweißtuch der Veronika – und der Heiland kehrt wieder? Napoleon aus einem Schnupftuch mit Spermaresten wiederhergestellt? Die wahre Apokalypse: Auferstehungstechnologie. Alle

Helden kehren zurück – abwärts in unsere Tage! Wo aber gar kein Zeit-, Geschichts-, Handlungsspielraum für diese Rückkehrer bereit steht und wo sie gefangen sitzen in einem gläsernen Käfig zum Anschauen: der *wirkliche* Napoleon. Die Menschen verlieren jedes Interesse an ihren Mitmenschen. Sie wollen nur noch mit Außerkontemporären zu Mittag essen.

Ein Trinker-Ehepaar im Kaufhaus *Quelle* steht in der Schlange vor der Kasse an. Der Mann hält sich grummelnd und zu Boden blickend an der Seite seiner Frau. Diese kneift mehrmals ohne äußere Veranlassung das rechte Auge kräftig zu, als teile sie mit einem Unsichtbaren ein frivoles Geheimnis. Die gestörten Nerven spielen ein kurzes, immer wiederkehrendes Programm. In geringen Abständen wirft sie, von einem automatischen Entsetzen angetrieben, knapp den Kopf herum und lächelt dann ebenso freundlich wie angstverzerrt in eine Richtung, wo gar niemand ist und woher auch kein Anruf an sie erging. Ein flatterhaftes Drama läuft über ihr gerötetes, gedunsenes, schuppiges Gesicht, ausgelöst allein durch das bedrängte Schlangestehen, die enge Stellung unter fremden Menschen. Das Lächeln, die Scherben eines Lächelns scheinen nach allen Seiten hin ein Zuviel der Bedrängung freundlich abzuwehren. Der Mund mit strahlender Grimasse entblößt eine von links nach rechts immer niedriger und löchriger werdende Zahnstummelreihe. Sie hat einen sehr großen zitronengelben Wecker eingekauft. Wozu sich wecken? Zum ersten Schluck? Ich stand vor dem Hauptausgang neben der Glastür und wartete mit einem unhandlichen Gartenmöbel auf einen Freund, der die übrigen Stücke brachte. Das Trinker-Paar kam eben heraus, als wir unsere Fracht zum Nachhausetragen uns aufluden. Da machte die Frau zu ihrem Mann die Bemerkung, daß es freilich besonders geschickt von uns sei, so dicht beim Ausgang herumzupacken. Obschon wir ihnen nicht unmittelbar im Weg waren, schien es ihr ausgesprochen wohlzutun, sich selber in der Ordnung und uns als Störung zu empfinden und dies auch festzustellen. Der Freund knurrte sie rüde an: «Halt's Maul, alte Kuh.» Als ich dies hörte, war mir, als trete jemand einem Unfallopfer obendrein in den Bauch. Denn ich hatte mir ihren Schicksalsstreifen ja eine Weile angesehen und konnte nichts als Anteilnahme für sie empfinden. Als wir die beiden auf der Straße überholten, hielt die Frau ihren Mann an und sagte leise, als ginge da jemand Berühmtes vorbei: «Sagt der einfach alte Kuh zu mir!» «Wer?» fragte der Mann. «Na der da», sagte die Frau und nickte zu uns hin. Nun hatte sie mit soviel vorbeugendem Lächeln und geisterhaftem Verbindlichtun alles um sich herum zu bannen versucht, was sie verletzen könnte, und dann hatte es sie am Ende doch noch schwer getroffen. Wirklich beschwert, nicht aufgebracht blieb sie stehen und wiederholte sich den Schimpf, und er kam ihr noch unerhörter vor.

Seine Liebe war ein Akt diabolischer Nächstenliebe.

Er ließ eine Frau, die ihm nichts bedeutete, einmal heftig aufleben. Er schenkte ihr ein berauschendes Selbstgefühl – übergab es und verschwand. Das war sein Laster: sich an die Bedeutungslosen heranzumachen und ihnen zu gewähren, sich völlig grundlos an sich selbst zu berauschen. Dieser Grundlosigkeit finsterer Geselle war er nun.

«Bilder der Freude», sagte sie, «es sind Bilder der Freude.» Und noch einmal kam dieser leise Ton von damals, aus den frischen Jahren, da die Gemälde entstanden waren, über ihre geschrumpften Lippen.

Besuche bei Nadja, Berlin Ende der sechziger Jahre, Muskauer Straße, trübes Loft im Kreuzberger Hinterhaus, das Wohnen liederlich, der Mut frech, die Kunst sorglos. Zerbröckelnde Häuserfassaden, Milieu der Alten und der Türken der ersten Generation, bleibende Kriegsschäden, dachte man, aber zwanzig Jahre später hatten Reichtum und Restauration hier alle Spuren von Milieu getilgt.

Torsten, der naive Künstler, malte wie besessen, füllte Leinwand um Leinwand mit den monumentalen Vergrößerungen der Schamlippen seiner Gefährtin, nichts anderes als diese unmäßigen Falten und Lappungen, die junge Vagina jener Frau, die inzwischen ein wenig grau geworden ist und die Strickjacke um die mageren Schultern enger zieht. Als er starb (schon mit zweiunddreißig nach einer durchzechten Nacht in Albufeira, schlief einfach weiter mit stehendem Herzen), hinterließ er ihr diese Zeugnisse einer großen Sinnenfreude, sechzig Acryl-Porträts ihres Geschlechts, ein Erbe, das sie damals so wenig genierte wie heute, wenn sie mit fremden Männern vor die Leinwände tritt und ihnen die hyperrealen Enthüllungen ihrer Jugend zeigt. Doch Händler und Galeristen haben bisher nur kurz und kopfschüttelnd vor dem Werk ihres Geliebten gestanden. Es blieb bis heute unentdeckt und trat aus dem Zwang, dem Glück, das den Maler bei seiner Arbeit erfüllte, niemals heraus. Inzwischen betrachtet sie die Malerei gern zusammen mit ihrem erwachsenen Sohn, der gerade seinen Ersatzdienst abgeleistet hat, und erläutert ihm Bildaufbau und Farbenspiel, die unbeirrte, kraftvolle Linie des frühverstorbenen Vaters, dessen Gemälde aus der Fabriketage den Weg in die Welt noch vor sich haben. Für sie sind es Kunstwerke und deshalb jeden Tag aufs neue, über alle Tage hinaus: Bilder der Freude.

Was uns bewegt, besitzt eine Bewegungsgestalt. Zur Feinbestimmung einer Person gehörten Angaben über den Spin, den Drehimpuls ihrer Wesensteilchen. Er entscheidet, ob ihr «Schwung» sich auf uns überträgt oder nicht. Manchmal ist man empfänglich nur für den subpersonalen

Spin eines Menschen und vermag ihn weder mit dem Auge noch mit sonstigen Sinnen von anderen Menschen zu unterscheiden.

Es begann Mitte August 1998, als einige Jugendliche in Rimini sich zusammenrotteten und um Mitternacht durch die Straßen rannten, wobei sie in rhythmischen Stößen und im Chor «Valerio Valerio» riefen. Die Rufe, die sich nun Nacht für Nacht wiederholten, wurden jedesmal stärker und ekstatischer gerufen und blieben allen, auch den Rufenden selber, rätselhaft. Einwohner beschwerten sich, Polizisten vernahmen die Störenfriede, niemand wußte mehr, weshalb er so kräftig «Valerio Valerio» gerufen hatte. Bis sich eines Tages aus Rom ein Valerio O. meldete und folgende Erklärung gab. Er habe kürzlich bei einem Openairkonzert in Rimini versucht, ein großes Transparent, wie man ihn geheißen, ganz allein aufzuhängen. Dabei sei er in große Schwierigkeiten gekommen, es sei ihm wieder und wieder nicht recht gelungen, das Banner gerade und ordentlich zu befestigen. Unterdessen habe sich unten in der Zuschauerarena schon lange vor Beginn des Konzerts eine große Schar von Jugendlichen versammelt und ihn anfeuernd im Chor ständig «Valerio Valerio» gerufen. Woher sie seinen Namen wußten, sei ihm unbekannt geblieben. Doch habe seine Ungeschicklichkeit – oder sein verzweifelter Kampf um Geschicklichkeit beim Anbringen des

Transparents sie offenbar sehr beeindruckt. Er dort in der Höhe sei ihnen von einer Minute zur nächsten zu einem Symbol für eine uns alle bedrohende, unheimliche Ungeschicklichkeit geworden. So kam es, daß sie fortan nicht ablassen konnten, in geradezu beschwörende «Valerio»-Rufe auszubrechen. Wie es schien, hätten sie diese Rufe oder Anrufungen beibehalten, ihr Unbehagen sei bis jetzt nicht wieder von ihnen gewichen. Wenn sie nun nachts durch die Gassen stürmten, so gedächten sie vielleicht nicht nur seines, des namentlichen Valerios, Ungeschicks, sondern ihre Chöre richteten sich zugleich an den Geist der Linkischkeit, der das Entgleiten oder Versagen zentraler menschlicher Fertigkeiten sofort und ohne weiteres herbeiführen könnte.

«Na, Frau Lehmann, wie geht's uns denn heute?» Die Frau – das Tuch, das Leichentuch reicht ihr schon bis ans Kinn, ihr Gesicht, ihr eingesunkenes, ist nicht mehr als ein schrumpeliger gelber Fleck auf dem weißen Kissen, schwach sagt sie bloß: «Och …», als habe sie weiter nichts zu beklagen. […] In einem anderen Bett auf dem Gang liegt jemand, dem das Leinen schon über das Gesicht geschlagen ist. Doch ist er nicht tot. Aber da er Beine und Hände nicht rühren kann, hat er in das Tuch gebissen, um es sich vom Gesicht zu ziehen. Es sieht aus wie eine Leiche mit weiterfressendem Mund, die ihre Zudecke verschlingt, dabei die Füße und Biß um Biß langsam den ganzen nackten Körper enthüllt ...

Als er am Abend in den öffentlichen Gärten spazierte, begegnete ihm eine kleine Horde behinderter und verkrüppelter Jugendlicher. Die Unordnung ihrer Schritte, das unkontrollierte Ausstoßen von Schreien und sinnfernen, halb tierischen Lauten erschreckte ihn in seiner Lage auf ganz unangemessene Weise. Einer hatte ein zum Fürchten entformtes, kropfig wasserköpfiges Gesicht, und das rechte Auge saß ihm irgendwo dort, schräg abgerutscht, wo sonst der Mund ist, und der Mund saß dort, wo eigentlich der Kragenknopf, der Kehlkopf ist. Um dem gräßlichen Schwarm auszuweichen, lehnte er sich abgewandt an einen Baum. Einer sprach unentwegt mit einer hilflos krakeelenden Stimme auf die Betreuerin ein. Als sie dann in unmittelbarer Nähe waren, mußte er sich doch umdrehen und hinschauen. Der Junge mit dem gänzlich verballhornten Schädel trottete ein wenig auf ihn zu, und als wollte er seinen Blick, dessen Entsetzen er zumindest spürte, beschwichtigen und zugleich tadeln, legte er den Zeigefinger auf seine herunterhängende Stirn. Sieh mein Wesen, so schien er ihm zu bedeuten, ein Monster betrachtet jemand wie du doch nicht als Monster. Durch diese Annäherung sehr mild geworden, schloß er nun die verhärmte, doch geduldige junge Betreuerin mit ihrer dicken Brille und dem kurzen Jeansrock verehrungsvoll in sein Herz. Als er der Gruppe nachblickte, sah er, wie sich einige umarmten, die Arme einander ungelenk um die Schultern schlangen, als hätten sie glücklich ihn überstanden, hinter sich gebracht. Warum nur, fragte er sich, diese übertriebene Erregung gegenüber dem Abnormen, den Kranken, die uns in die Pflicht der Liebe nehmen? Ich spüre sehr genau diese scheue, gemeine, verräterische Liebe bei mir, diese brutale Rührung zu den Hilflosen hin. Eine Mischung von unqualifizierter Identifikation und einem wunderbar warm abfließenden Schuldgefühl, wenn der kreatürliche Affekt der Abwehr wieder einmal veredelt und umgepolt werden konnte. Der Verwünschungstrieb muß sich binnen kurzer Augenblicke, da er keinen Ausweg findet, derart steigern, daß er in die unverschämteste Zuwendung umschlägt.

In einer Nacht, in der ein Mann *umständehalber* nicht bei seiner Frau liegt, sondern im fremden Bett bei einer Unbekannten, findet er ohnehin keinen ruhigen Schlaf. Er wälzt den Kopf im Kissen und träumt von tausend Unbekannten, die alle auch noch in sein Leben treten wollen. Er jagt durch einen Sphärenwirbel nie gesehener Gesichter. Und neben ihm die nackte Schulter und der stete Atem einer Zugewandten, die alles ruhigen Gewissens bei sich bewahrt.

Der arme Angeber

Er ist ein Aufschneider und Phantast. Ein Großsprecher und ein Spinner. Ein Windmacher. Mein Lieblingstyp, heimlicher Genosse: der arme Angeber. Seine Ahnen sind der Hochstapler, der Heiratsschwindler, der Scharlatan, der Prahlhans und der Mythomane. Er ist der bunte Unglückliche, der die Frauen anzieht. Unzuverlässig und ruhlos. Einsamer Spieler, der über niemanden gewinnt, mit niemandem im Streit. Hoch auffliegend und abgrundtief stürzend, und noch von ganz unten hört man seine Rodomontaden der Verzweiflung und der Selbstanklage.

Beim Frisör sitzt er und muß stillhalten im Sessel. Dem Mädchen, das ihm die Haare schneidet, läuft's aus Augen und Nase. «Schon der vierte Schnupfen in zwei Monaten!» Er macht sie leis verrückt mit Komplimenten und tiefen Blicken in ihr Spiegelbild. Sie lächelt, sie kichert, sie hustet und lacht. Er lobt die Gehilfin vor ihrem Chef mit ausgesuchten Worten. «Was für ein Spinner!» sagt die Kleine, als er fort ist, doch ihre vertrieften Augen strahlen. «Redet der einen Stuß!»

«Aber charmant war er», sagt anerkennend und etwas altmodisch der Chef.

«Er hat mich heut abend zum Essen eingeladen.»

«Und? Gehst du hin?»

«Mal sehen. Möchte mal wissen, ob das nicht bloß leere Versprechungen waren.»

Natürlich erscheint er nicht. Jede Durchführung langweilt ihn, nur die Eröffnung zählt. In ihr erschöpft sich sein Interesse und sein Überschwang. Stattdessen finden wir ihn abends in einer U-Bahn, weit draußen in einer Vorstadtsiedlung, wo er eigentlich nichts verloren hat. Aber er bleibt in der Linie sitzen und verklärt eine beleibte Blonde, eine stattliche Mama; entfaltet ihre verschlossenen Gesichtszüge, modelliert mit seinen Worten ein schönes Lächeln, ein belustigtes Auge. Er will keineswegs verführen – er flieht die Handlung. Er ist ein Schwätzer. Ein Vagabund der Conférence. Manch einem, der nicht genauer zuhört, möchte es wohl scheinen, als liefe da jemand mit einem schweren Talkshow-Tick durch die gehemmte reale Mitwelt. Aber wie er's macht, ist es viel seltsamer und unbekannt und stimmt die meisten Angesprochenen heiter, bringt sie auf leichtere Gedanken, und sie genießen halb erstaunt, halb verlegen die Wohltat eines Unsinns, der belebt.

In der Regel unterscheidet er mit sicherem Instinkt die ansprechbaren Menschen von den allzufest versiegelten. Fast immer sind es Frauen, bei denen noch am längsten der Funke einer ziellosen Erwartung glimmt und das uns angestammte Neugierde-Verhalten nicht restlos verkümmert ist. Frauen, allein unterwegs oder gern auch mit einer Freundin, da sind sie sogar noch leichter zu unterhalten.

«Hätte ich nicht einen Aufschrei gehört, wäre ich nicht

zu Ihnen gekommen Den Aufschrei Ihres ganzen Wesens … Man muß sich etwas zutrauen, man muß mutiger sein, viel mutiger. Sehen Sie, ich komme viel herum. Seit vier Jahren bin ich Trainer der deutschen Tischtennisnationalmannschaft, da lernen Sie sich durchzusetzen …»

Einmal allerdings versieht er sich, gerät an eine Rundfunkreporterin, die dann sofort zurückschnappt, ihn nicht mehr ausläßt. Er entwischt verschreckt, sie setzt ihm nach. Der Mann ist ihr kurios genug, ein ausgefallener Zeitgenosse, er muß vors Mikrofon. Er befiehlt sie dem Teufel und wehrt sich rabiat, ganz ohne Schmelz und Witz. Er fühlt sich in seinem geheimen Umtrieb aufgestört und bloßgestellt. Zuhaus ist er in einem Dreckloch von Dreizimmerwohnung. Seine Frau, alkoholkrank, verlor die Arbeit. Er sorgt nach besten Kräften für sie. Er hängt sehr an ihr. Bis vor kurzem war sie angestellt als Modezeichnerin, hat es dann aber nicht mehr geschafft. Er selbst hatte nie einen ordentlichen Beruf. Nach dem abgebrochenen Studium der Volkswirtschaft wurde er Mitinhaber einer Leasing-Firma. Die Sache ging schief, er saß auf der Straße. Dreimal die Woche fährt er jetzt Wäsche aus. Er las immer viel, mit Vorliebe historische Romane. Aber auch handlungsstarke Dramen. Er weiß nicht, was er tut, wenn er ausgeht und Menschen anspricht. Er tut es mit blindem Gespür; halb Laster, halb Mission, als gelte es, dem einzelnen eine frohe Botschaft vom anderen einzelnen zu überbringen.

Immer wieder auch bricht er zusammen, verfällt dem

schweren Trübsinn. Entweder verstummt er dann vollkommen oder klagt aufwendig und endlos über die Nichtswürdigkeit seines Daseins. Die Frau, die sich selbst kaum auf den Beinen halten kann, versucht ihn zu trösten und wieder aufzurichten. Sie träumt nur noch vom Auswandern und einem Farmerleben bei ihrer Schwester in Bolivien.

Eines Tages verliebt er sich wirklich. Das Spiel ist aus, die Tragödie beginnt. Sie ist Einkäuferin für Schmuckwaren. Sie wurde Zeuge einer groß angelegten Szene, in der der Schwätzer einen verklemmten Jüngling anwarb für den gemischten Chor der Innungskrankenkasse. Sie mußte sofort über ihn lachen. Als er sie ansieht, kann er nicht mehr davonlaufen. Er geht mit ihr, wird ihr Liebhaber. Ihre Überlegenheit ist offenkundig, er ist ihr ganz ergeben. Er verliert jedes Interesse an anderen, beiläufigen Menschen. Er verstumpft als Aufschneider, erschlafft als Windmacher. Er verrät seine Frau – er betrügt sie nicht nur, sondern verleugnet sie.

Eines Abends wartet sie vor dem Hotel, in dem die beiden Verliebten sich aufhalten und zu Abend essen. Als sie herauskommen, tritt sie auf ihren Mann zu und bittet, seiner Begleiterin vorgestellt zu werden. Der Mann drängt sie schroff beiseite wie eine halbverrückte, lästige Person. Er steigt in ein Taxi mit der Schönen und fährt davon. Er begleitet die Händlerin auf einer ihrer ‹Tourneen›. Krankhafte Eifersucht befällt ihn, da er ertragen muß, daß sie fast regelmäßig die Abende mit ihren Geschäftspartnern verbringt. Er wird unausstehlich. Der ausgediente Phantast, der kleinlaute Großsprecher, der jeden Charme der Prahlerei eingebüßt hat, wirkt nun doppelt banal, wesenlos; und so wie er sich kläglich an sie klammert, sie mit Vorwürfen traktiert, möchte sie ihn schleunigst wieder loswerden. «Was bildest du dir ein? Welche Ansprüche stellst du? Wer bist du überhaupt?» Er wird vor die Tür gesetzt und muß bitter leiden.

Schließlich kehrt er nach Hause zurück, findet dort aber seine Frau nicht mehr. Ein Freund erzählt, wie schlimm es ihr ergangen sei. Am Ende habe sie in die Klinik gemußt. Nein, nicht in der Stadt, sondern irgendwo in der Nähe von Stuttgart. Er reist also dorthin und will sie aus dem Sanatorium holen. Die Ärzte halten ihn zurück und beschwichtigen ihn. Sie liegt gerade in einem Heilschlaf und sollte weitere drei Monate verschont bleiben mit allem, was sie belasten oder beunruhigen könnte. Er darf sie im Schlaf sehen und ein paar Blumen hinstellen. Sie wird nicht einmal erfahren, daß sie von ihm sind.

«Wir wollen sie gesund machen», sagt der Arzt, «es gibt Chancen, aber man kann sie schnell verspielen.»

«Aber es könnte ihr doch helfen, wenn sie wüßte, daß ich wieder an ihrer Seite bin.»

«Warten. Ruhe. Lange Zeit.»

Er wartet lange, doch sie kommt nicht zurück. Er erkundigt sich in der Klinik, dort heißt es, sie sei vor ein paar Wochen entlassen worden. Sie ist nicht wieder nach Hause gekommen. Eine Zeitlang treibt es ihn, kreuz und quer in der Stadt nach ihr zu suchen. Es fällt ihm schwer, er bringt es kaum noch über sich, fremde Menschen anzusprechen. Er fährt jetzt öfter Wäsche aus. Er liest viel.

Später, über ein Jahr später sieht er sie zufällig im Park am Arm eines kleinen, älteren Mannes, der einen schwarzen Hut trägt. Er ruft ihren Namen. Sie reagiert nicht. Er läuft hinter ihr her. Da dreht sie sich um. Er bleibt wie erstarrt stehen. Er ruft sie noch einmal. Sie schüttelt den Kopf. Nein, sie ist es nicht. Das Paar geht weiter. Er hat sich nicht getäuscht: Sie ist eine Fremde geworden.

Die Menschen der westlichen Welt begannen sich eines Tages der Nacktheit ihres Gesichts und ihrer Stirn zu schämen. Die Scham kam über alle wie eine Weltneuheit. Wie einst Rap oder Handy. Sie suchten ihr Gesicht zu bedecken, hatten aber keine Sitte, die ihnen einen passenden Schutz lieferte. Sie litten an einer Anziehpsychose und konnten nicht mehr aufhören, sich mit Kleidern zu verhüllen, bis sie als dicke unförmige Kleider-Stoff-Ballen herumrollten. Mann und Frau sahen aus wie alte Lumpenknäuel, Vettel und Schrat, zwei Klamottenpakete, die zuweilen mit langen Stöcken aufeinander eindroschen, weil Hiebe mit Armen, Tritte mit Füßen im Stoff versanken, zwei um und um Verhüllte, die, um sich zu lieben, Minuten brauchten, den Unterleib freizuwühlen.

«Sie sind eine verschlossene Frau und werden es für mich immer bleiben.»

«Ich verschlossen? Habe ich nicht den ganzen Abend mein Leben vor Ihnen ausgebreitet wie ein Badetuch am Meeresstrand? Mit einem einzigen Blick können Sie mich überblicken.»

«Trotzdem. Für mich bleiben Sie ein Buch mit Sieben Siegeln.»

Bei diesem Mann hätte sie am allerwenigsten damit gerechnet, daß er eine Einladung zum Abendbrot ausschließlich dazu nutzte, sich satt und mehr als satt zu essen. Als er nach Mitternacht immer noch nicht einhielt, richteten sich ihre grämlichsten Gefühle gegen ihn und befreiten sich schließlich in einer Suada der Verhöhnung.

«Sie werden mich kahlfressen. Und dann? Dann werden Sie vielleicht leugnen, daß Sie es getan haben. Sie werden wahrscheinlich sagen: Ich habe eigentlich nur die Hälfte von dem gegessen, wonach mich verlangte. Oder: Ich habe nur ein wenig genascht. Ja, es wird so weit kommen, daß Sie sagen: Oje, ich habe heute so gut wie gar nichts gegessen. Von einem Vielfraß erwarte ich, daß er die Wahrheit sagt. Aber Sie, Sie machen sich und uns beiden etwas vor. Sie haben kein aufrichtiges Verhältnis zu den Speisen, die Sie verschlingen. Eigentlich kennen Sie nur das Eßbare an sich. Und dieser Oberbegriff, wissen Sie, das Eßbare, wird sich bei Ihnen nach und nach furchtbar erweitern. Eines

Tages verschmähen Sie die Blumen in der Vase nicht mehr. Eines Tages nagen Sie das Furnierholz ab, das auf den Rändern des Servierbretts klebt. Schließlich werden Sie Ihre Tischgenossen an die Stühle fesseln und damit beginnen, an ihren Fuß- und Fingernägeln zu knabbern. So wird jemand, der einmal als stiller Vielfraß angefangen hat, nach und nach zum Allesfresser, ein einziger totaler Rachen, ein Ungeheuer jenseits von Mensch und Tier, das Maul der Mäuler, das sich durchfrißt bis ans Herz der Erde – das sich das Herz der Erde einverleiben will.»

Da nickte der Gast und erwiderte:

«Einverleiben ist ein gutes Wort. Ich esse im Grunde gar nicht. Was man gewöhnlich essen fressen schlingen nennt, das tue ich nicht. Ich habe vielmehr das Bedürfnis, mir dies und jenes einzuverleiben. Dies und jenes, von dem ich mir sage, es könnte dir vielleicht guttun. Es könnte dir etwas bedeuten. Es sieht nett aus. Es gefällt dir. Es paßt noch in dich rein. Es könnte sogar ... schmecken!»

Die junge Frau bemerkte, daß der Mann, als sein Blick über die leeren Schüsseln, Teller, Schalen und Tabletts schweifte, zusehends unruhig wurde und selbst sie nicht mit seinen kostprüfenden Blicken verschonte.

Da sprang sie vom Tisch auf, lief in die Küche und kramte alles Eßbare zusammen, was sich an Reserven finden ließ – in der Hoffnung, den Gast noch bis zum Morgengrauen damit hinhalten zu können.

Am bewölkten Himmel waren Abfangjäger aufgetaucht, sie schossen ein Transportflugzeug ab. Es zerbarst, und ein Chaos schwerer Trümmer stürzte in die Tiefe. Ein Metallkeil jagte senkrecht auf ein Fahrgastschiff zu, das auf dem lieblichen Fluß dahinzog. Ich befand mich inmitten des Augenblicks, da es den ausruhenden Kapitän traf, der mit beiden Ellbogen sich auf die Reling stützte, und sah, wie es den arglosen Mann in seinem Frieden erschlug. Dann heillose Panik, Sirenen, als hätten die Nothelfer geradezu auf die Katastrophe gelauert, so schnell waren sie vor Ort. Und ich sah, schlimmer noch, unter Deck die Schar Rentner, die verschont wurden, und unter ihnen einen, den nichts rührte und der herzhaft gähnte. Im Lebensabend, so mutete es an, nimmt man alles hin und langweilt sich, bis es einen selber trifft, irgendein Himmelsgeschoß. Der Lebensabend kann sehr lange dauern, unter Umständen länger als Morgen und Mittag zusammen, es lohnt keine Aufregung mehr. Auch kommt gegen die reißfeste Langeweile keine Katastrophe an. Man setzt auf Verschontbleiben, denn man hatte doch ein ganzes Leben voll Verschontsein im Rücken.

Leeres Kino, lichte Leinwand, bildlose Standprojektion. Eine Frau allein in mittlerer Reihe, in ihrem Rücken rechts und links die beiden Einflüsterer des Films. Zwei Männer, die der leeren Leinwand eine verwegene Geschichte unterlegen. Sie ergänzen sich im rhythmischen Wechsel und beschreiben der Frau in Schnitten und Sequenzen genau den Film, den sie nicht sehen kann. Nur geschildert, verführen sie in eine unentrinnbare Handlung, bezwingen mit Bildern nur in Worten – Bildern, die man niemals zeigen könnte, ohne auf den Glamour von Mehrdeutigkeit zu verzichten, der nur gut gewählte Worte umgibt.

Es ist gewiß nicht leicht, als Frau allein in einem fast leeren Kino zu sitzen, ein Film ist nicht zu sehen, doch zwei Männer flüstern ihn immer atemloser in ihr Ohr, beschwören Einstellung um Einstellung ein Filmkunstwerk herauf, so ergreifend und so anschaulich, daß der Beflüsterten am Ende ist, als habe dieser Film sie derart geblendet, daß sie ihn nicht sehen konnte.

Ein ehemals blonder, sorgenvoller Mann stand vor einer erblondeten, jedoch frohen Frau.

«Ich –» sagten sie gleichzeitig und stockten, um höflich einer dem anderen das Wort zu überlassen. «Bitte, du zuerst!» Und sie sagte: «Ich liebe dich.» Er indessen, an zweiter Stelle, brachte denselben Satz, den er in der Gleichzeitigkeit schon auf den Lippen hatte, nicht mehr heraus.

Ihr Aufblick mit Handschaufel und Kehrbürste, in der Hocke, denn sie säuberte ihre Ecke und sah dabei vorsichtig rückwärts in die Höhe. Und vorsichtig antwortete sie der Stimme, die sie prüfend nach dem Sinn der Ecke fragte, in der sie hauste, dem Sinn ihres Tuns, der Sparsamkeit, der Selbsterniedrigung. Die Mindere, die Mollige. Gehänselte des Raums. Verstoßene ihrer vier Wände. Sogar die Tür riß ihren Rachen auf und wollte sie wegschnappen.

Der verdiente Mitarbeiter, der immer noch im Vorzimmer der Chefetage darauf wartet, endlich auf seine Eignung zum Geschäftsführer geprüft zu werden, erfährt vielleicht nie, daß er über die ganze Zeit auf seine Eignung zum Warten geprüft wurde.

Neben dem spindeldürren Kerl stand eine mamsellartig rundliche Frau bei einer Ampel und behandelte ihren herabgefallenen Brotlaib wie einen Hund, der ihr nicht folgen wollte, nämlich darin, mit ihr die Fahrbahn zu überqueren. Sie sprach so bild- und stilgetreu zu dem Brot in seiner leichten Papierhülle als zu einem Hund, daß niemand am Hundetum des Brots hätte zweifeln wollen. Sie mochte es partout nicht aufheben. Es sollte zu ihr kommen und nicht sie zu ihm. So drohte und schmeichelte sie dem Getreidetier über mehrere Grünphasen ohne Erfolg. Schließlich zog ihr dünner Begleiter eine Hundeleine aus der Manteltasche, hakte den Verschluß in die Kruste und zerrte das störrische Brot über die Straße.

Die Geschichte des Gehörnten ist auch zu früheren Zeiten nur selten die eines lieblos gewordenen, nicht mehr genügenden Manns gewesen. Wir kennen in unzähligen Varianten die Darstellung seiner Gleichgültigkeit und seiner schalen Gewohnheiten. Bei hochauflösender Betrachtung erkennt man erst heute, daß im Porträt des Betrogenen das Gesicht der Betrügenden eingezeichnet ist. Sein sie spiegelndes Gesicht läßt die Untreue, sobald sie ihn nur ansieht, mehr von sich selber erkennen, als ihr lieb sein kann. *Ihren* Gelüsten der Freiheit begegnet sie in seinen ahnenden, ängstlichen Zügen. Jedenfalls ist er viel weniger für sein Aussehen verantwortlich, als die meisten literarischen Dokumente, die ihn einseitig belasten, uns glauben machen wollen. Unzählige Geschichten von weiblicher Untreue müßten daher noch einmal geschrieben werden, da die erhöhte Menge an Ausdruckspixeln, an *Gesichts*punkten heute ein weitaus schärferes, gerechteres Bild des Betrogenen herstellt, als die Autoren der bürgerlich vordigitalen Epoche auch nur ahnen konnten. Ihre gesamte Motivarbeit wird von einem grobkörnigen Raster beherrscht, das allenfalls ein umrißhaftes Ab-, wenn nicht gar Zerrbild, jedoch kein dichtes, punktgenaues, reflexives Bild des Betroffenen zeigt.

Sie, die nach einem furchtbaren Wort vor ihm zurückweicht, von Angesicht zu Angesicht von diesem Unfaßbaren sich entfernt, als müsse sie von nun an vor Entsetzen bis ans Ende ihrer Tage rückwärts von ihm fortgehen.

Ursprünglich waren die beiden Geschlechter nicht füreinander bestimmt. Männer und Frauen lebten als friedliebende Volksstämme in guter Nachbarschaft und tauschten ihre Waren miteinander. Denn ein jedes Geschlecht besaß jeweils prächtige und nützliche Güter, die das andere entbehrte. So besaßen die Frauen zum Beispiel die Weiden, das Kino und die Schmalzbrote, während die Männer Salzsäure, Diamanten und Mehl anlieferten. Liebe und Haß unter den Menschen gab es noch nicht. Jeder liebte am meisten das, was er herstellte und in den Tausch brachte. Alle liebten nur ihre Dinge. Damals war auch der Tod noch ein guter Freund der Menschen, und er war fruchtbar. Geburt und Tod waren eins, und der Tod schenkte das Leben. Jedesmal wenn ein Mann sich zum Sterben legte, kroch ein Junge aus seinem Leib hervor, und jedesmal wenn eine Frau sich zum Sterben legte, kroch ein Mädchen hervor. Dieses Leben, in dem es nur den Unterschied zwischen Arbeit und Müßiggang gab und der Unterschied zwischen Mann und Frau nicht bedeutsamer war als der zwischen zwei anderen gewöhnlichen Dingen, etwa Stein und Gras oder Hüpfen und Winken oder Tuch und Salz, dieses Leben, das weder glücklich noch unglücklich war, dauerte eine unbemessene Zeit. Eines Tages aber legte sich Mara, die Fürstin und Vorarbeiterin des Frauengeschlechts, zum Sterben und gebar eine Thronfolgerin. Doch Mara blieb nur einen Tag bei den Toten und kehrte am folgenden zurück und arbeitete weiter an ihren Dingen, worüber alle erschraken, aber sie war eine sehr tauschsüchtige Frau.

Dies erzürnte den Geist des Todes, und er versagte fortan den sterbenden Frauen die Fruchtbarkeit. Kein Mädchen kam mehr zur Welt. In großer Unruhe bereiteten die Frauen dem Geburtstodgott ein üppiges Opferfest nach dem anderen, ohne daß es ihnen Nutzen gebracht hätte. Sie verausgabten sich dabei so sehr, daß sie immer ärmer wurden und sich bei den Männern verschuldeten, welche nun ihrerseits immer reicher wurden. So kam die Ungleichheit unter die Geschlechter und die Hälfte der Schöpfung schien vom Aussterben bedroht.

Da sah der Gott des Geburtstodes, daß er nicht länger den Beleidigten spielen durfte, und er nahm seine Schiefertafel zur Hand, auf der er mit den Menschen seine Pläne und seine Logik trieb, und rechnete fieberhaft, den Fehler wieder auszusteuern. Doch es gelang ihm nicht, die alte Gleichung der Geschlechter wiederzufinden.

Verzweifelt an sich selbst, schleuderte er die Tafel auf die Erde hinab, gab die ganze Übung auf und wandte sich nach anderswo. So empfingen die Menschen die zersprungene Schiefertafel, die verwirrte göttliche Materie und wußten nicht, wie ihnen geschah: Alles geriet durcheinander. Die Männer starben im kräftigsten Mannesalter und hinterließen zwei Nüsse. Die Frauen aßen gierig jene Dinge auf, die sie zum Tausch und für ihren Lebensunterhalt hergestellt hatten. Da liefen alle ziellos umher. Eines Tages aber grüßten sich plötzlich einige Männer und Frauen, und in höchster Angst, unterzugehen, umklammerten sie sich. Da sahen die Frauen, daß sie fruchtbar wurden von den Männern und gebären konnten, ohne selbst zu gleicher Zeit zu sterben. Die Männer aber hatten die Fähigkeit zu gebären für immer verloren und sie brauchten die Frauen, die nun Mädchen und Jungens zur Welt bringen konnten, aber nur wenn die Männer sie fest umklammerten. So entstand aus den verworfenen Gesetzen und den Scherben der göttlichen Weisheit unter den Geschlechtern der ungleiche Tausch zwischen Samen und Kindern und es entstand die Liebe als eine Schwester des formlosen Grauens, das der trübsinnige Gott, der seine Gleichung nicht wiederfand, über die Menschen gebracht hatte: Die Frauen aber waren ehrlich und liebten und verteilten die Kinder gerecht, die Jungen den Männern, sich selbst die Mädchen. Doch die Männer, einmal habgierig geworden, übervorteilten die

Frauen, die nun mehrmals im Leben gebären mußten und sich nicht genug um ihre Güter kümmern konnten. Daher vergessen die Frauen bis heute nicht, wie es war, vor der Liebe, als sie noch die Hälfte der Dinge besaßen.

Tag und Nacht

Jener Mann, der sich im Winter eine kurze Erholung gönnt in einem kleinen Hotel an der belgischen Küste, bekommt das Zimmer neben einem Paar, das sich Nacht für Nacht aneinander erfreut. Aber wenn er die beiden am Morgen beim Frühstück sieht, versteht er es nicht: sie, die Essensreste mit dem langen Fingernagel aus den Zahnlücken kratzt; er, der über dem Kaffee die Zeitung liest. Kein Wort zwischen den beiden, nur bleierne Gleichgültigkeit. Nachts aber stets die hochgegriffenen Laute, ein Jubel nebenan, als würden zwei Wundertätige sich loben.

Diese beiden Menschen in ihrer vollendeten Stummheit tags, in der Wahrheit des Nichtssagenden, scheinen ihren Mund nur aufzutun, um sich zu rufen in der Nacht. Ihre Liebe wirkt vom Morgen an äußerst verbrüchlich, und wenn sie nachts so unersättlich ist, dann deshalb auch, weil sie unter der Glut, die sie schmieden soll, jedesmal schmilzt. Diese Sisyphos-Freude hat ihnen alles sonst verschlagen oder benommen, das Interesse füreinander, die

Wachheit, die Schönheit selbst. Sie sind die Trottel des Tags, die Begeisterten der Nacht.

Es stellt sich indessen heraus …

Eines Morgens kommen der Gast aus dem Einzelzimmer und die Frau von nebenan miteinander ins Gespräch. Man tauscht Belanglosigkeiten aus, hält sich auf über die mangelhafte Bedienung in dem winterlich öden Badehotel. Er wird auch bekannt mit dem Mann, an dem nun einfach ‹nichts dran› ist. Eines weiteren Morgens sitzt dieser nicht mehr mit am Frühstückstisch. Es ist nicht mehr für ihn gedeckt. Die Frau allein auf ihrem gleichen Stuhl, dem Fremden am Nebentisch nun unflankiert und unverdeckt gegenüber, keine Spur von der letzten Nacht auf ihrem Gesicht. «Nun? Was haben Sie sich für heute alles vorgenommen?» fragt der übermüdete Einzelgast, dem inzwischen die Ruhestörungen deutlicher anzusehen sind als ihren Verursachern. (Wie denn und bei wem hätte er sich wohl über diese Störungen, die er selbst für heiliger empfand als seine mürbe Ruhe, beschweren sollen?)

«Ach, ich habe ein paar Einkäufe zu erledigen in der Stadt. Und nachmittags – werde ich auch irgend etwas tun.»

«Ist etwa Ihr Mann abgereist?»

«Ja. Ist er.»

«Er hat wohl geschäftlich zu tun? Er erzählte von seinem Pech mit den Brüssler Behörden …»

«Keine Ahnung. Wir haben uns zufällig auf der Herfahrt kennengelernt.»

Was hat das zu bedeuten? Dem Einzelreisenden läuft es heiß und kalt über den Rücken. Ein Abenteuer, zum Greifen nah, macht ihm rote Ohren.

Qualvolle Ruhe in der darauffolgenden Nacht nebenan. Totenstille.

Schläft sie oder wacht sie? Wartet sie gar?

Am nächsten Morgen macht er den Vorschlag, gemeinsam einen Ausflug zu unternehmen. Sie besuchen in Brügge das Memling-Haus. Die Frau scheint sich zu langweilen vor den Meisterwerken, sie wirkt abwesend und gleichgültig, er bemerkt es nicht. Er ist vom Vorgefühl ihres Körpers, der an seiner Seite tagbrav einhergeht, umschlungen und spürt schon, wie er für ihn schlägt, hört, wie sie ihn ruft. Er sieht sich schon nach nebenan gelangt.

Jedoch, bis dahin kommt er nicht. Sie denkt nicht daran. Sie denkt nicht im Traum an ihn. Und so bleibt es auch. Bei ihm nur Gedanken an sie, bei ihr nicht ein einziger an ihn. So gehen sie aus, so schlafen sie ein, jeder nebenan.

‹Daß mir aber auch alles zur Qual werden muß!› denkt er.

Dabei verhält sie sich am Tag zu ihm ganz genauso wie zu dem anderen. Kein Unterschied, von außen betrachtet. Sie macht keine Anstalten abzureisen. Sie macht keine Anstalten, die täglichen Verabredungen, die sie treffen, zu umgehen, die belanglose Gesellschaft, die sie einander bieten, aufzuheben. ‹Genausogut hätte der Jubel zwischen sie und mich fahren können!› Aber er war wieder einmal zu spät dran für den Zufall.

Sie sitzen morgens beim Frühstück. Er liest die Zeitung. Sie stochert in den Zähnen. Sie sitzen nun auch am selben Tisch.

Der Busfahrer, der eine Ladung Theaterfreunde vor einem Zirkuszelt abgesetzt hat, in dem ein kritisches Zeitstück aufgeführt wird, der sich selbst mit dazu setzt, aber nur für eine Weile, dann erregt, doch ohne ein Wort zu verlieren, das Zelt verläßt, sich in seinen leeren Bus hinter das Steuerrad setzt und mit dem Bus aufgebracht und ziellos durch die Straßen fährt. Warum? Weil in diesem Stück von Beginn an der <übliche Kleinbürgermief> ein Ziel des Spottes war, weil *sein* Zuhaus, *seine* Einrichtung, seine Kleidung, seine Ansichten und seine Familie der Lächerlichkeit preisgegeben wurden, weil er selbst öffentlich beleidigt worden war.

Wenn schon das Publikum nicht mehr gewillt und gewohnt ist, die symbolische Sprache eines Stücks zu verstehen, wenn es Ort und Stoff der Handlung in einer unumwundenen 1:1-Dimension auf die eigene Erlebnissphäre und Realität bezieht, warum sollte es da nicht einmal zu einem solchen Aufstand des Naiven, des Wilden der Kunst kommen, der seine Identität an das Theater zu verlieren fürchtet?

Der zurück in sein Haus gestopfte Jäger

Einmal durchkämmte eine Riege von Polizisten mit Spürhunden den hiesigen Wald, denn sie waren auf der Suche nach einem vergrabenen Bankräuberschatz. Jenseits der langen, vorrückenden Mannschaft, drüben im Birkenhain, wohin der Jäger zum Aufbruch bereit war, versammelte sich wie zu jeder Dämmerung das reichliche Niederwild. Den Jäger, durch die langsame Such-Riege abgeschnitten von seinem Revier, beschlich eine leise Verstimmung. Diese verstärkte sich noch, je länger er warten mußte, und bald schon war es keine Verstimmung mehr, sondern eine Woge des Jähzorns erhob sich in ihm und trug den ganzen Mann bis an den Rand des Blutrauschs fort. Gewaltsam daran gehindert, sein Haus zu verlassen, seine Beute zu machen, verwandelte sich ihm zuerst das Hobby, der Ausgleichssport, der Wille zur Freizeit in eine angestaute Leidenschaft. Sodann wandelte sich der Leidenschaftsstau in ein innerliches, aber doch schon schweres Verbrechertum, und dieses schließlich, ebenfalls unterdrückt, wandelte sich in eine nur kurz vorm Ausbruch zurückgehaltene Bestialität. Über diese Stufen der Gierverwandlung war der Jäger von einer leisen Verstimmung bis bald an die Grenze seiner Entartung vorangeschritten. Übermäßige Pressung und Drosselung eines harmlosen Jagdeifers hatten dazu geführt, daß eine gefährliche Willenskernverschmelzung in ihm stattfand, eine gewaltige Energieverdichtung, die ein Mensch kaum mehr als er selber zu überleben vermag. In Wahrheit gab es nun für ihn kein Halten mehr, er hatte ja längst den Gipfel seiner Verformung überschritten, er *war* bereits der nur noch spärlich verkleidete Wolfsmensch oder Blutsauger, der nun freilich nicht mehr auf Jagd nach Niederwild auszog.

Was aber, da er die äußerste Landspitze des Menschseins erreicht hatte, sollte nun weiter mit ihm geschehen? Von Herz und Gebiß bereits ein Ungeheuer, hatte er auch jede Art der Verzweiflung eingebüßt und die Fähigkeit verloren, die nur einem Wesen mit tragischem Bewußtsein, dem Menschen, vorbehalten ist, nämlich sich selber zu vernichten, um Schlimmeres zu verhüten.

Die Polizistenriege hatte mittlerweile seine Hütte erreicht und erbat Einlaß, um auch diesen Ort gründlich zu durchkämmen. Der abgewandelte oder entartete Jäger riß seine brüchige äußere Bürgerhülle noch einmal fest zusammen und ließ die Beamten durch sein Haus und über sich selber hinwegschreiten. Sodann trat er in die offene Tür. Drüben der Birkenhain, frei zugänglich das Ufer des Wilds, das Ufer seiner fröhlichen, sportlichen Tötungsvergnügen. Jedoch, er nimmt es nicht mehr wahr, ein trübes, lebloses, verschwommenes Feld. Er verläßt nun die Hütte und wendet sich vielmehr in die umgekehrte Richtung. Das Pirschraster seiner vergrausten Augen erfaßt nun den

Rücken des letzten, ein wenig hintangebliebenen, blutjungen Beamten …

Eines Morgens im Hobbygarten wacht unterm Grillrost der ausgespuckte Kaugummi auf und streckt sich. Plötzlich da hört er über sich den Grill, er hört ihn wahrhaftig – sprechen! Und fast im selben Augenblick, ein urtümlicher Atemzug, ein Schub der Schöpfung, und der Kaugummi spricht auch: ‹Sprichst du?› fragt er den Grill.

Ja, sagt der Grill, ich spreche. Ich spreche vollendet.

Ich auch, sagt der Kaugummi und wundert sich.

Wie spricht es sich? fragt der Grill nach unten.

Danke gut, antwortet der Kaugummi mit Leichtigkeit, jetzt haben wir also die Sprache.

Der Grill: Jetzt haben wir für immer Unterhaltung.

Der Kaugummi: Und wie geht es dem Menschen? Was sagt der dazu?

Der Grill: Der Mensch? Der Mensch steht da mit offenem Mund. Ausgelaufen. Versiegt. Erschöpft bei offenem Mund.

Der Kaugummi: Soweit mußte es einmal kommen. Der harte Fall zurück in den Stoff. Verliert seine Erzählungen, seine Worte, seinen Geist.

Der Grill: Das Menschenkind. Was ist geblieben von der Nummer Eins? Ein Naturgeräusch, wie der Wind so durch seinen offenen Mund heult …

Ich höre ein Wimmern immerzu, es ist die Mutter. Sie bittet da oben, sie fleht mich an: Ich möge doch an sie denken. Sie scheint ja Marterqualen zu leiden im Jenseits, *solange niemand an sie denkt.* Unvorstellbare Schmerzen! Kannst du dir vorstellen, daß man dahinirrt über grenzenlose Flächen, immer mehr abnimmt, weil niemand an einen denkt, umgeben aber von lauter fröhlichen Unvergessenen!? Wenn doch nur einer, der da unten lebt, sich zufällig mit einem Gedanken zu mir verirrte! Ach, welch eine Erleichterung!

So geschieht es jedenfalls vor dem Übergang in den Einraum Gottes. Im Vorraum geschieht es, später gibt es diese Sorge, verloren zu sein aus aller Gedenken, nicht mehr.

So wie der Gefangene, der Verschleppte, der sein Leben rechtlos, von allen vergessen in pakistanischen Gefängnissen zubrachte. Eingelocht, weil er als junger Mann bei einem geringen Vergehen festgenommen wurde und in Gewahrsam verbracht. Einmal hinter Gittern, wurde er von einem Gefängnis ins andere verschoben, bis sich schließlich seine Spuren in den endlosen Gefängnisfluren des verworrenen Landes verloren. Irgendwann verlor darüber auch er jeden Sinn für Recht und Rechtfertigung, jede Hoffnung auf Rehabilitation und schließlich jedes Interesse an seiner Lage. Er war nun eben ein Gefängnisinsasse, wie andere die Insassen ihrer Imbißhütte sind. Er wurde ernährt, wenn auch dürftig. Es ist, wie es ist. Ein Schulterzucken antwortete, wenn sich ihm manchmal eine lästige Frage stellte. Du hast nicht genügt, sagte er sich. Nicht einmal dein Vergehen hat genügt, um auf dich aufmerksam, dich kenntlich zu machen. Du wirst niemals entdeckt werden. Die schweren Fälle, die Interessanten, ja, die sind längst wieder draußen. Du aber bleibst verborgen, weil du nicht interessant genug bist.

Tatsächlich wurde niemand auf ihn aufmerksam, keine Menschenrechtsorganisation, keine Gefangenenbetreuung, kein Anwalt. Erst ein Zufall, ein bürokratisches Versehen im Grunde, führte dazu, daß es ihn gab. Er wurde freigelassen nach vierzig Jahren vorübergehenden Gewahrsams. Was hieß nun aber frei?

Der Tropfen der Deformation. Ein Nebenprodukt, das vermutlich bei der Arbeit an dem neuen antiatomaren Kampfstoff entwickelt worden war. Auch hier genügte eine minimale teilchenenergetische Beeinflussung, und ein Mensch, der dir seit langem vertraut war, wich leicht von sich selber ab. Er sah sich nur noch *zum Verwechseln ähnlich.*

«Seht, nun bin ich da!» Jetzt erst mit der sinkenden Haut, mit dem Abend um den Mund, jetzt erst reißt sie den Vorhang auf. Und mit dem Geringsten von denen, die sie damals auf dem Altar der Gleichgültigkeit opferte, würde sie heute Hochzeit machen! Sie will all das, was sie nie war, am Ende endlich – sein! Mit lachhaftem Alter bietet sie Wärme und Hingebung an, die niemand von ihr haben will. Büßt für die Roheit und den Dünkel ihrer frühen Jahre.

Zwei Kammerdiener kamen und öffneten einen breiten Bauernkleiderschrank ... Oh, wieviel bewohnte Zellen barg dieser Schrank!

Lauter Schachtel-Menschen, Klaustromane, Spind-Anachoreten! Einer, der den Staubsaugerbeutel wechselt; einer, der Ameisenpulver verstreut, Händewaschen, Kuchenessen, Kniebeugen. Alles auf engstem Raum. Inklusen, entrückte Alltagsmenschen, ausgezehrt und nackt, jeder von der Locke eines dünnen Nebels umrollt. Einer, der bügelt seine Hose aufwärts an der Spindwand. Eine, die übt auf der Oboe; einer, der mißt all seine Glieder nach.

Stürmische Zeiten hatten sie ins Enge gedrückt, und sie begannen schließlich eine Leidenschaft für ihre Ecke zu empfinden. Ein hoher dünner Mann, der in seinem Verschlag guten Raum fand, schüttelte sich und schrie vor

Frieren, als ihn der erste Luftzug traf. Eine aufrecht in ihrer Ecke sich windende, sich der Ecke prostituierende Frau wurde vom Lichteinfall zerknatscht wie eine reife Beere.

Wenn mein Mann einmal nicht mehr da ist, werde ich nach Wandsbek in mein altes Elternhaus ziehen, sagt die Alte zu den Damen ihrer Kaffeerunde. Der kranke Mann aber ruht unbewegt in seinem Sessel, er ruht halb schon im Frieden, halb lauert er, späht, was sich neben ihm noch regt und lebt, seine Frau, die um sein Ableben herum sich allmählich einrichtet, die gleichwohl nicht mehr die Rüstigste ist, sondern zunehmend von Nierenleiden, Gelenkentzündungen etc. geplagt wird. Dennoch ihr zweites Wort: «Wenn er einmal nicht mehr da ist …» Er aber lauert unaufhörlich, lauert schwach, aber mit großer Ausdauer. Es ist, als sauge er mit seinem kleinen wäßrigen Auge ihr kränkliches, doch immer noch beschäftigtes Leben auf, um damit seine geringe Temperatur, die nicht viel braucht, konstant zu halten.

Und die sich bewegt, bricht dann zuerst. Sie kommt nicht mehr zurück in ihr Elternhaus. Sie stirbt vor dem wäßrigen Auge, dem stummen Gesicht, dem leidlos Überlebenden mit dem matten, mörderischen Glitzer unter dem Scheitel.

Nun liegt sie über dem Kühler des weißen Citroën, den Kopf in den Ellenbogen vergraben, und ist wohl endlich eingeschlafen. Schlaf, schlaf! ... Bald teilst du Freud und Leid mit einem anderen. Glaub mir, von einem Tag zum nächsten wechselst du über in irgendeines anderen Biografie und wirst dich wieder freudig dort einrichten wie in einem neuen Haus und am Morgen nach der ersten Nacht bereits das Geschirr so ohne weiteres aus seinem Küchenschrank nehmen, als sei es immer deins gewesen.

Frau mit Telefon

Samstagvormittag und noch kein guter Abend in Sicht. P. saß in ihrem Morgenkittel am Frühstückstisch und blätterte in ihrem Adreßbüchlein. Sie hob das Telefon auf das nackte Knie und wählte die Nummer einer Freundin, um sich eine Unterhaltung für den Abend zu sichern. Diese Frau war kaum mehr als eine gute Bekannte, mit der sie früher einmal im selben Labor gearbeitet hatte. Eine bessere Freundin hatte sie aber zur Zeit nicht. Im letzten Jahr hatte sich durch Heirat und Umzug, durch Abnutzung und Abkühlung ihr Freundeskreis empfindlich gelichtet. Während sie mit der unsicher zwischen nah und fern schwankenden Person sprach, bemerkte sie, wie ihre eigene Stimme sonderbare Wege nahm. Bald stieg sie zu einem werbenden, schöntuenden Ton auf, bald gab sie sich schlagfertig und eifrig gewitzt. Auch ihr Körper wand sich dazu geziert und verfänglich, sie warf mehrmals mit der Hand das Haar aus der Stirn, stemmte sie dann in die Hüfte und hob das Gesicht, faßte den Ausschnitt ihres Kittels zusammen oder ließ ihn tief offen, und außer dem unruhig lauschenden Auge war eigentlich alles an ihr auf einen anwesenden Menschen bezogen. Sie hatte sich bereits aufwendig in Szene gesetzt, um dann doch zu erfahren, daß die andere für den Abend schon verplant war, wie sie es nannte, und offenbar etwas vorhatte, wobei die Gesellschaft einer dritten Person nicht willkommen war. P. legte den Hörer auf und rutschte für kurz in sich zusammen. Sie beugte sich vor, kratzte mit dem Fingernagel am Lack ihrer Fußzehe und blätterte mit der anderen Hand im Adreßbüchlein. Zwei weitere Anrufe, die sie vornahm, verliefen und endeten nicht sehr viel anders. Sie bot sich von der gefälligsten Seite, verlegte ihre ganze Wachheit und Figur in die Stimme, doch die Teilnehmer am anderen Ende der Leitung blieben dafür offenbar unempfänglich. Der eine hatte Reisevorbereitungen zu treffen am Abend, die andere mußte einen Vortrag ausarbeiten. Sie wollten oder sie konnten nicht. Aber so wie sie reagierten, so besonders flau und ungespannt, und ihre Stimme gegen die anspruchsvolle der Anruferin kaum erhoben, mußte sich diese jedesmal abgewiesen und unerwünscht vorkommen. Ganz gleich, ob ein triftiger Hinderungsgrund vorlag, sich mit ihr zu verabreden oder nicht, sie hätten sich wenigstens über ihren Anruf freuen können ... Nun verfiel sie in ein mißlauniges Grübeln, in eine beinah menschen- oder freundesfeindliche Stimmung. Was waren das auch für dürftige Gestalten, die es fertigbrachten, auf einen Abend mit ihr so nachlässig zu verzichten! Ich bin ihnen ganz einfach zu unbequem, dachte sie, das ist es wohl. Ich bin ihnen zu streng, zu wach, zu gefühlsbetont. Zu anstrengend. Mit einem Wort: Ich bin diesen Dürftigen einfach zuviel! ... Beschäftigte Menschen, mit sich und anderen beschäftigt. Kein Interesse, keine Antenne, keine Unternehmungslust. Ich habe sie angerufen, ich habe sie hervorgerufen aus ihren trüben Schalen und Gehäusen, ich habe sie offenbar gestört ... Was habe ich an mir, was mache ich falsch, daß man mir so leicht, so ohne jedes Zögern die kalte Schulter zeigt? Was war denn los mit meiner Stimme, daß sie nicht einmal aufhorchen wollten, obwohl mir selbst doch schien, als hätte ich nie zuvor soviel Hinwendung, soviel Licht hineingetan? Was aber verriet dennoch meine Stimme, was verriet sie Unliebsames von mir?

Während sie nun die Frühstücksreste vom Tisch räumte und das Geschirr in den Abguß stellte, klingelte das am Boden abgesetzte Telefon. Ah, dachte sie, so ist es recht: Ich habe nicht vergeblich in die Welt hinausgerufen – sie ruft schon zurück! Denn, ist es nicht so?, bevor ich den Hörer abgenommen habe, steckt hinter dem anonymen Zeichen noch die unvorstellbare Weite, die gesamte Möglichkeit aller irdischen Telefonverbindungen, das ganze Ruf*system*.

Und weckt nicht dies anonyme und immer gleichtönende Zeichen zuerst die Ahnung von einem wildfremden, nie erwarteten Anrufer? Und dann, wenn sich doch, wie in den meisten Fällen, eine wohlbekannte Stimme meldet, bildet nicht jedesmal ein unhörbares ‹Ach, du bist es nur›, eine subtile Enttäuschung, den flüchtigen Vorhalt des Gesprächs, der dann von der erhöhten Erwartung in die gemäßigte Tonart der Vertrautheit überführt?

Es meldete sich aber ein Mensch, dessen Stimme sie in der Tat nie zuvor gehört hatte, und er wünschte auch nicht, sie zu sprechen, sondern T., ihre ehemalige Mitbewohnerin, die jedoch vor einem Jahr bereits ausgezogen war.

«Ich bin der Jochen aus Goslar», sagte der Anrufer und hatte, wie sich herausstellte, fest damit gerechnet, über das Wochenende bei T. Quartier zu finden.

Die wohnt nicht mehr hier. Nein, die neue Nummer hatte sie nicht. Keine Ahnung. P. schwieg und ließ ihn hängen. Er gab aber nicht auf und hielt nun ungerührt auf P. zu. Ob er nicht bei ihr unterkommen könnte für die zwei Nächte. «Hier wird nicht übernachtet», beschied sie ihn. «Alles klar», sagte der Anrufer und legte auf. Wieder war ihr die eigene Stimme sonderbar fremd und entfernt vorgekommen.

Was hatte sie dazugebracht, den Jungen so hart abzufertigen, einem Fremden das Gastrecht so kurz entschlossen zu weigern? Eben noch hatte sie selbst vergeblich versucht, sich eine Gesellschaft für den Abend zu verschaffen und war mit einer Reihe von gleichgültigen Absagen bedacht worden. ‹Ich habe angerufen und mir wurde abgesagt. Ich wurde angerufen und ich habe abgesagt. Ich bin als Angerufene sofort die Überlegene, die erlaubt und gebietet. Die das Sagen hat. Aber als Anrufende bin ich immer die Bittstellerin …›

Natürlich hatte sich in letzter Zeit manches verändert. Seitdem sie allein wohnte, war sie bedeutend empfindlicher geworden gegenüber jeder Art von lässiger Menschenberührung. Den Ton, den Jargon des allgemeinen Miteinander-Könnens, an dem sie früher niemals Anstoß genommen hatte, empfand sie jetzt als kaltschnäuzig und anmaßend. Aber war es nicht auch diese neue Unduldsamkeit, die sie nun jenen entfremdete oder nicht geheuer machte, deren größere Nähe sie erst zu gewinnen hoffte? Niemand wollte oder konnte so kindisch-streng freund zu ihr sein, wie sie es forderte und selbst erbot. Der Nächste unter Nahen, der Allernächste, der reine Nächste ließ sich ohnehin nirgendwo finden. Und es mangelte ihr vorerst an der nötigen illusionstreibenden Kraft, sich irgend jemanden vorzunehmen, ihn nach Gutdünken zu erhöhen und mit Träumen auszustopfen.

Es überkam sie wieder, sie geriet von neuem in den Sog des leeren Abends, an dem alle Welt sich finden würde, verabredet war, nach draußen ging, der nur ihr mit schauriger Ungestalt entgegendrängte. Und also griff sie ein weiteres Mal zu dem kahlen Knochen aller nur möglichen Menschenverbindungen. Sie wählte die Nummer eines «Ehemaligen». Eines Sportmediziners. Der doch immerhin, wenn sie sich nicht täuschte, über einen gewissen männlichen Charme verfügte – oder war es das nicht, damals? Oder was war es damals eigentlich? Wieso denn ausgerechnet der? Sie fragte sich das, während sie es eine Weile tüten ließ. Sie war dann eher erleichtert, als niemand abhob. Es beförderte ihren Entschluß, endlich aufzugeben. Sie richtete sich darauf ein, den Abend alleine zu verbringen. Sie würde sich alle Mühe geben. Sie würde sich bildschön anziehen, einen Tisch in einem besseren Restaurant bestellen, anschließend vielleicht noch ein kurzer Besuch in der Spielbank. Sie begann ihre Garderobe zu mustern, legte das eine oder andere Kleid an den Körper. Der Rest des Morgens wurde für eine ausgiebige Toilette genutzt, die Haare gewaschen, verpackt und aufgedreht, die Haut und die Nägel, die Augen und die Ohren sorgsam behandelt und geschmückt.

Am frühen Nachmittag klingelte noch einmal das Telefon. Sie blickte befremdet von ihrer Näharbeit auf und betrachtete den scheinbar lebendigen Apparat. Sie zögerte einen Moment. Wie sprechen? Wie empfangen? Wie hören? Dann nahm sie den Hörer ab und hielt ihn ans Ohr. Sie ließ ihn gleich wieder ein wenig sinken. Sie schloß die Augen. Sie sah es kommen. Das war nicht der Wildfremde und nicht der Allzubekannte, es war: der einzig Richtige. Der höchst Willkommene, der weder erwartet noch jemals unerwartet war, der aufhob die Trennung in ihrer Stimme zwischen herzunten und herzoben, zwischen Erlauben und Ersuchen. Er war es, der Rechtzeitige.

Die Tochter mit ihrem Haardutt erhebt sich im Schlaf und streift das Nachthemd herauf. Sie kniet sich aufrecht über den Bruder. Sie greift sein ausgestrecktes Geschlecht und steckt es wie ein Stück Seife in den Schoß. Ermahnungen kommen von den Eltern, dringende Bitten, Erbarmen zu haben und es sein zu lassen. Die Tochter steigt herunter von dem Mann und fragt, wie er sie wünsche. Der Bruder sagt ohne Interesse: ‹Dreh dich herum!› So kehrt sie ihm das Gesäß zu und starrt, während sie beide nun stöhnen, den fester sich umklammernden Alten aus nächster Nähe offen abwesend in die Gesichter. Diese protestieren immer fürchterlicher und rufen: «Aufhören! Hört doch endlich auf damit!» Ja, dachte ich, das ist die Erinnerung, so ist sie: alles Inzest. Die Städte, die Stunden, die Stufen abwärts, abwärts …

Hunderttausend Grobiane

«Was wollt ihr?» rief entsetzt der Einsame. Als er die Tür geöffnet hatte, stand draußen vor seinem Haus die unübersehbare Schar all jener groben Menschen, die neben ihm auf Flughäfen schallend telefoniert, Alleebäume aus Kurven entfernt, Frauen betatscht, auf Autobahnen rechts überholt, ihren Nächsten angerempelt und Hunde ausgesetzt hatten, gegen Untergebene schikanös aufgetreten waren, vor Gott gegähnt und die Weisheit der Alten verspottet hatten. Diese nun drangen in seine beiden Stuben, füllten Küche, Bad, Tisch und Bett und drückten sich überall an den Wänden entlang. Unzählige Grobiane schienen es zu sein, doch in Wahrheit waren es nur 130, denn mehr von ihnen war er in seinem Leben nicht begegnet. Ja, es wird alles gezählt, und alles in einem Menschenleben hat seine begrenzte Zahl. Deshalb waren nun ausnahmslos alle Grobiane um ihn versammelt, die ihm jemals untergekommen waren, und sei es auch nur im zischenden Hauch ihres rücksichtslosen Vorbeihastens. Es war nun an ihm, mit jedem einzelnen oder mit allen auf einmal abzurechnen. Sie saßen, lagen oder standen still in der Runde und erwarteten, daß er in ihrer Mitte das Wort an sie richte. Offenbar hatten sie schon einige Stationen der Entmutigung und Besänftigung, ja der Läuterung durchschritten, bevor sie bei ihm eingekehrt waren. Im Grunde genommen erkannte man nicht mehr, was sie als Grobiane einmal ausgezeichnet hatte. Sie sahen allesamt auf ähnliche Weise niedergeschlagen aus. Doch in der Brust eines jeden steckte der Pfeil der erbitterten Verachtung, der Widerhaken der kalten Wut, die der Einsame irgendwann einmal dorthin geschleudert hatte. Es wird alles gezählt und verzeichnet. Jeder Anstoß, jede ungebührliche Berührung, wie die Treffer beim Fechten.

«Wie soll ich es euch begreiflich machen?» begann der Einsame schließlich, «ihr habt mit eurem fahrlässigen Verhalten viel dazu beigetragen, daß ich nicht mehr an das Gute und Schöne unseres menschlichen Zusammenlebens glauben mochte: ich bin ja fast nur noch Gesellen wie euch begegnet, solange ich noch unter Leute ging. Nun sitzt ihr in eurer Vollzähligkeit vor mir, und ich kann mich kaum noch an einen von euch erinnern. Außerdem tragt ihr jetzt alle die gleiche blasse Büßermiene, was zu dem Zeitpunkt, als ich Anstoß an euch nahm, durchaus nicht der Fall war. Ihr seht also ein, daß eure rabiate Sorglosigkeit mir, der sich alles sehr zu Herzen nimmt, so manche gute Laune verdarb und ich jetzt allen Grund hätte, endlich mit euch abzurechnen?»

«Ja», summten sie alle miteinander; dünn und kleinmütig klang es, und ein reuiges Kopfnicken ging durch die Reihen.

«Nun», sagte der Einsame und wippte wider die eigene Natur, nämlich seine eingewurzelte Güte, gebieterisch auf seinen Fußsohlen, «wie sollte man hunderttausend Grobianen (er konnte keine Menschenmengen mehr schätzen!), die allesamt den Kopf hängenlassen, nicht vergeben?»

Sie wird dich verraten, muß es tun, und morgen schleppen sie dich ins Stadion, wo nun schon über zwanzigtausend Menschen zusammengepfercht sind, bewacht und geordnet durch Hunderte von Militärschergen. Alle Familien auseinandergerissen, die Greise müssen in glühender Hitze die Arena säubern, bis sie links und rechts der Aschenbahnen niederfallen. Die Männer werden zu Schaukämpfen abkommandiert, der östliche Block gegen den nördlichen, je nachdem. Die Frauen und Kinder müssen alle überflüssige Kleidung zu riesigen Sonnenschutzplanen zusammennähen, und in jedem Block ist einer von denen, die beim Fluchtversuch erschossen wurden, kopfunter an einem Mast aufgeknüpft, weithin für alle zur Abschreckung sichtbar. Sie haben dem Gehenkten die Zunge hervorgezogen und mit einer dicken Stecknadel durchstochen. Daran hängt, auf kleinem Zettel geschrieben, jeweils die Losung des Tages, und jeder Gefangenenobmann muß frühmorgens ganz nah an die Zunge herantreten, um die nichtssagenden Weisheiten zu lesen, welche die Diktatur in ihrer winzigen, zierlichen Handschrift abgefaßt hat: «Klein-allein-Gebein. Das ist des Menschen Bahn», und ähnliche mürbe machende Sprüche werden dann einen ganzen Tag lang verkündet.

Mittags kommt die Debile heim in einem Bus für behinderte Kinder. Immer hüpft sie von der niederen Plattform mit ihrem runden Gesicht und dem glatten, schwunglosen Kleinmädchenhaar. Ihr wirkliches Alter kann man nicht erkennen. Immer schielt sie oder freut sich, man weiß es nicht, verkündet jedenfalls in hohen, klumpigen Tönen ihre Ankunft, läuft stampfig, wackelnd durch den Hinterhof. Man gönnt der Schwachsinnigen nicht den Frisör, nicht ein hübscheres Kleid? Der billigste Mantel, der fahlste Rock, der derbste Schuh müssen es sein, schmucklose Hände, und selbst die Klemme im Haar ist ohne Zier. Warum haben sie das unförmige Mädchen, das nicht altern kann, das ist und bleibt, als wäre Kind-Teig aufgegangen, hineingesteckt in solch eine Nachkriegs-Büßer-Tracht?

«Sie macht sich doch nichts daraus!» hört man die Eltern sagen. «Sie braucht ihr Aquarium, sonst nichts.»

Nein, nein, sie soll nicht Blicke auf sich ziehn, wie die Nonne soll sie gehn, das ist es. Unter der Fuchtel der Unscheinbarkeit soll die verhaltensauffällige Person ihr Lebtag stehen.

Die Absicht wäre gut, wenn sie besagte: sucht ihre Seele, nicht ihr Äußeres. Die Absicht wäre schlimm, wenn sie besagte: bei der kommt es sowieso nicht darauf an. Sie ist nun einmal nicht schön. Da wär es frevelhafte Afferei, einen solchen Menschen noch herauszuputzen.

Darum geht es nicht. Es geht darum, daß sie nicht aschgraue Vernachlässigung zur Schau tragen muß.

«Sie trägt saubere Wäsche. Sie ißt unsere Speisen. Sie ist nicht anspruchsvoll.»

Sie ist gezeichnet. Nach außen muß es scheinen, als hätte sie für ihre Schwäche zusätzlich zu büßen.

Der Tod war ihm schon lange sehr nahe, aber noch war er bloß bis in sein Bewußtsein vorgedrungen, war der ganze Nahe in der Dunkelheit der Nacht, der vorerst nicht zustieß, ihm nicht zustoßen wollte, solange er sich noch fürchtete vor ihm. Er jaulte vor Todesangst, er kämpfte nicht, er winselte nur um Aufschub. Vielleicht hatte er deshalb keine Chance, er winselte und war nicht bereit, mit diesem Nahen zu ringen, sein Wille bot ihm keinen Widerstand. Die kleinen Äuglein kauerten sterbenselend, sphäreneinsam, zu keiner menschlichen Miene mehr gehörig, in ihren Höhlen – und eines Nachts, schwapp! schon hatte der Nahe ihn.

Besuch von M. Vier Jahre nach unserer Trennung bringt sie mir ein Buch zurück und sitzt nun wieder, in neuen Kleidern und mit kürzerem Haar, auf derselben Fensterbank, auf der sie auch an unserem letzten Abend saß. Ungeniert spricht sie sogleich ‹über uns›. Daß ich damals auf dem besten Wege gewesen sei, in ihr alles Positive auszumerzen. Daß ich mich nie anders als verächtlich über ihren Beruf, ihre Mama, ihren Geschmack und ihre Vergangenheit geäußert hätte. Kein Liebeslob, aber jede Kleinlichkeit, die ich mir zuschulden kommen ließ, scheint sie frisch in ihrem Gedächtnis zu bewahren, und sie zitiert mich wörtlich. Wie wenig amüsant ist das! Wiederbegegnungen solcher Art sollten doch den Schmerz von damals zum Flirt von heute, zum Flirt unter Erfahrenen machen. Wie schal und mäßig aber ist es, sich jetzt in aller Ruhe und Offenheit zu sagen, was man damals nur unter Panik und Erbleichen herausgebracht hätte. Sollte sie etwa die ganze Zeit über meiner nur in der Form dieser leblosen Abrechnung gedacht haben? Wären wir nicht getrennt, so sähe ich darin den gültigsten Trennungsgrund: daß sie nicht fähig ist, sich unserer schmerzlich und großmütig zu erinnern. Ich schrak zurück, als sie mich zum Abschied plötzlich küßte. Nie mehr! Nie wieder Du!

Mich befreien? Wovon? Von wem? Ich will mich nicht befreien – außer von allem, was mit dieser verrückten Idee, sich von irgend etwas befreien zu müssen, zusammenhängt. Ich lebe mit meinen Nachtmahren, meinem Versagen und meinen unwiderruflichen Versäumnissen nun schon ein halbes Jahrhundert. Sie vermehren sich und formen einen plastischen Begriff von meinem Leben, sie geben ihm Richtung und Kontur – ich sollte mich von dieser Bitternis befreien? Von der Herrschaft eines energischen Vaters über meine eigenen bescheidenen Lebensenergien befreien? Ha! Es bliebe wenig übrig von mir! Ich wollte mich unterwerfen, und ich habe mich unterworfen. Davon habe ich profitiert. Und somit ist auch dieses elende Kapitel beendet. Letzte Stellungnahme aus dem psychologisch-intellektuellen Komplex, der im Westen des späten zwanzigsten Jahrhunderts keine geringere Bedeutung besaß als der militärisch-industrielle im Osten. Um dem Jargon die Ehre zu geben: Ein von mir selbst bestimmtes Leben wäre nicht beherrschbar gewesen. «Was immer ich bin, ich bin nicht ich selbst.» Chesterton.

Der Hintermann

Es ist vielleicht in Saal 8 passiert oder Saal 11, daß ein etwas umständlicher Mann vorgab, nach der passenden Sitznummer zu suchen, obgleich er wußte, daß sein Platz sich genau vor dem unangenehmen Gesicht befand, das aus der Reihe hinter ihm hervorstach und ihn erwartete. Kaum hatte er sich niedergelassen, schob sich von hinten eine Hand auf seine Schulter. Da er kahlköpfig und seine Phantasie sehr reizbar war, spürte er die Berührung so, als hätte ein subversiver Priester, um ihm die Absolution zu erteilen, eine feuchte Kröte auf seinen nackten Schädel gesetzt.

Er wandte sich um mit der halben, gehemmten Hüftdrehung eines Zuschauers, der eigentlich seine Ausrichtung nicht verändern möchte. Nun blickte er in das Gesicht, das ihn zuvor erwartet und beirrt hatte. Es gehörte zu einem Menschen, den er noch nie gesehen zu haben glaubte. Der

Mann hinter ihm mochte sich etwa im gleichen Alter befinden. Mit dem ersten Kontakt verlor er augenblicklich jede Reserve und ergoß einen Schwall vertraulichster Einflüsterungen über seinen Vordermann:

«Sie werden sich kaum an mich erinnern. Doch führe ich Ihr Foto seit langem mit mir, ja, ich trage es noch immer in meiner Brieftasche. Lassen Sie mich ohne Umschweife sprechen. Ich bin auch ein Sohn Ihres Vaters, wenngleich nicht aus derselben ehelichen Verbindung, sondern vielmehr eine Nebengeburt, ein verstoßener Bastard, eine Aufzucht im stillen. Sie müßten sich gleichwohl ein gewisses Gedächtnis für mich bewahrt haben. Der, als wir beide noch kleine Jungen waren, sich nachts in Ihr Zimmer schlich, vom nahen, mir verbotenen Garten aus durchs Fenster stieg und Sie als mondbleiches Gespenst jagte oder der ein andermal unversehens aus dem Wald trat, um Sie zu prügeln und zu würgen und stets wieder verschwunden war, sobald Sie zufassen wollten, der war nämlich ich. Heute darf ich Ihnen, da Sie ein durchsichtiger Zufall zu dem vor mir sitzenden Herrn gemacht hat, der Sie mir im übertragenen Sinn zeitlebens gewesen sind, heute darf ich Ihnen Furcht und Schrecken Ihrer Jugendtage zu Ihrer Erheiterung aufklären. Als dumme Jungenstreiche enthüllen, die sie damals weder für Sie noch für mich sein konnten. Denn ich bekämpfte Sie mit dem ganzen Haß einer niedergedrückten, um Gerechtigkeit ringenden Kinderseele!»

«Es ist gut», sagte der Angesprochene, der sein Inneres schnell und notdürftig verhärtet hatte, «ich habe es zur Kenntnis genommen.»

Und er gab die halbe Rückwärtsdrehung auf.

Er richtete sich nach vorne, scheinbar zufrieden, daß er den Hintermann, den Stifter seiner Ängste, dem ersten Unheilbringer, dem Verderber seiner Lebensfrühe so kurz und bündig hatte abfertigen können. In Wahrheit standen ihm auf dem Rücken die Haare zu Berge, und bis in alle Enden seines Bewußtseins spürte er während der ganzen Veranstaltung nichts als den Hintermann.

Wie man ihn zittern spürt, den alten Mann in seinem Rollstuhl, denn er zittert vor diesem ohnmächtigen Bedürfnis, umarmt zu werden. Keine der leichten Begrüßungen, bei denen wir uns neigen und flüchtig aneinander nippen, kann es befriedigen. Dies Bedürfnis, umarmt zu werden, von dem der Alte nicht spricht (denn man kann es nicht fordern!), von dem aber sein Körper erzittert, beinahe besessen ist. In die Arme genommen, umfaßt werden, liebkost, gewärmt.

Das Alter selbst wird ja für einen übelriechenden Abszeß gehalten, und keiner will den anfassen!

Das Alter ist der Käfig. Sieh, das Leben der Fleischlichen ... da draußen ... die anderen sind's, ihre Beweglichkeit, ihre Unantastbarkeit, ihre Selbständigkeit, ihre höchste Freiheitslust. Die Hinfälligkeit ist dein Käfig. Eingesperrt, und wehe, du streckst die Hände aus und suchst jemanden zu betasten! Dasselbe Tasten, woraus des Blinden Blendwerk entsteht.

Was sie nicht alles weiß! Lehrerin in der Erwachsenenbildung und passionierte Reiseleiterin. Wo man sie auch hinstellt, in Kambodscha oder Sizilien, sie hält einen gründlichen Vortrag über Land und Leute.

Mitunter verwirrt sie das Schwelen eines Mannes. Es ist nur der Duft seiner breiten Brust unter dem karierten kurzärmeligen Hemd. Duft einer sexuellen Gediegenheit, die keinen Stich ins Säuerliche, keinen ins Süßliche kennt. Von einer Art genitalen Würde möchte sie fast sprechen. Aber es kommt ja nichts zur Sprache. Weder Liebe noch Vergnügen stellen sich ein. Und hätte sich doch einmal ein Bei-Schnupperer gefunden, so hätte er Versuchung und Askese mit ihr teilen müssen. Ohne Kleider beieinander liegen in einem Doppelschlafsack und gemeinsam die Marter der Keuschheit steigern unterm Sternenzelt. Und ihrer beider Schwelen hätte sie aneinander gefesselt und gegeißelt, aber niemals wären sie schwach geworden. Das war nun für die Reiseleiterin das Äußerste an sinnlicher Herrlichkeit. Witterung, bis zur Ohnmacht nichts als Witterung.

In der Claudiusstraße steht ein Mann vor seinem Haus und klagt es an. Ein vierstöckiges Mietshaus aus der Gründerzeit, jedoch mit abgeklopfter, schmuckloser Fassade, nun frisch und billig verputzt. Der Mann steht auf wippenden Fußsohlen am Bordstein und wackelt über dem Kopf mit den Händen, als wollte er ein Unheil aus der Luft schütteln. «Du, Haus!» ruft er mit schwacher Stimme, «treib mich nicht zum Äußersten ... Du, Schandproppen! hast mir schon genug auf dem Kerbholz!» Bekker bleibt plötzlich wie angepflockt stehen. [...] ‹Schandproppen›, dies albernste Wörtchen entrang sich, aufbellend, je nur einem Mund, Bongies Mund. Bongie, Lehrer in Biologie und Chemie, und der ist es auch, der da am Straßenrand wippt. Mein Gott!, wohnt der immer noch hier, Claudiusstraße 8, gepeinigt bis aufs Blut, fertigmachen, ranklotzen, wüstes Gejohl, wenn der schon die Klasse betrat, fiel aber auch auf alles herein, aber warum gerade der? Na-zi, Na-zi, brüllten alle im Chor, wenn er die Nerven verlor, Klassenbuch her, treibt mich nicht zum Äußersten, aber er war ja wirklich ein Nazi gewesen, das wußte jeder, und sein Sohn, Gerhard, auch in unserer Klasse und immer vornean, wenn's gegen den Vater losging, verriet uns den Namen von Papas Geliebter, Aschtritt, Aschtritt!, die Spinatwachtel vom Statistischen Landesamt, und weil Bongie ein so unglaublich gutmütiger Mensch war, reichte die Verfolgung natürlich bis tief ins Privatleben, der hat einfach alles zurückgekriegt, was die anderen Schinder an uns verbrochen hatten, dafür mußte er büßen, der runde, kleine Mann mit den Plattfüßen, bekam ein rosa Löschblatt hinten an den Rocksaum geheftet, worauf stand: ‹Ich bin der schönste Nazi von ganz …›, und damit ging er dann gemütlich durch die Straßen nach Schulschluß, denn außerhalb der Anstalt fühlte er sich sofort wohl und nahm einen honorigen und versonnenen Schritt auf, den er gelegentlich unterbrach, um sich in die Arschfalte zu greifen und sich genüßlich zu kratzen; zu Hause hat ihn dann seine Frau, wenn er mit so was wie dem Löschblatt vorm Hintern ankam, erst richtig in die Mangel genommen, bekanntlich hat sie ihm, unter anfeuernden Rufen und Beifall von Gerhard, ich war ja mal dabei!, nasse Wäsche und Milchtüten an den Kopf geschleudert, nur einmal hatten wir ihn soweit, daß uns selbst das Herz zerriß, wieder mal bis zum Äußersten getrieben, setzt er sich hinters Pult und will einen Eintrag nach dem anderen machen, da fängt er plötzlich das Heulen an, wir alle aus einem Mund ‹Oahhh›, echt enttäuscht, echt traurig, aber Gerhard nichts wie hinters Pult zu seinem Vater und legt ihm den Arm um die Schultern, hat aber in der Hand sein kleines Tuschfäßchen und kleckert es sacht auf Bongies Anzug herunter, was wir dann alle nicht mehr so toll fanden, wo wir den kleinen Nazi schon einmal geknickt und noch mal geknickt hatten …

So, jetzt, Bekker neben seinem alten Lehrer am Bordstein, befallen ihn Stiche von Reue und Scham, Seitenstechen nach erschöpfendem Lebenslauf wie nach den Tausendmeterrunden auf dem Schulsportfeld, er will sich ihm zuwenden, ihm so vieles abbitten und sieht, daß dieser nun ein Greis geworden ist und allem Anschein nach nicht weniger von Geistern geplagt wird als er selbst; Bongie, der sich vor seinem Haus in Positur stellt wie damals vor der tobenden Klasse und mit derselben hilflosen Verzweiflung, mit denselben alten Sprüchen sich Respekt zu verschaffen sucht vor einem stummen Gemäuer, das er ein Menschenalter lang bewohnt hat und von dem er nicht glauben mag, daß es keine Seele für ihre gemeinsame Geschichte besäße.

Bekker ruft ihn leise an: «Bongie!» Der alte Mann erblickt ihn argwöhnisch, mit scheuen Augen, von unten herauf. Dann schüttelt er den Kopf. Nein, ist er nicht, nicht mehr Bongie. [...]

Was macht der Sohn? Nun, der ist eben Hausbesitzer jetzt, ein Ökonom ist er geworden, Finanzmakler, ein mächtiger Mann und vielfacher Hausbesitzer; nicht nur dieses alte Haus gehört ihm, aus dem er den eigenen Vater hinausgeworfen hat, indem er die Miete unverschämt erhöhte.

Alle Achtung. Dieser Junge zeigt große Ausdauer. Der verfolgt seinen Vater aber mit langem Atem, unerweichlich bis ins Grab. Der läßt wahrlich nicht locker. Gerhard, der schon vor der Klasse seinen Vater für einen Witz und eine Zote verraten und verkauft hat und zuhause, parteilos, die Eltern gegeneinander aufhetzte, sich kichernd in Sicherheit brachte und ihren brutalen Küchenturnieren zusah, lüstern und entrückt wie im Kino – Gerhard hat nun noch einmal zu einem mächtigen Schlag gegen den Vater ausgeholt, vielleicht seinem letzten, um endlich den Greis zu fällen, den Witwer und Pensionär, den schon vielseitig beraubten und verletzten Mann. Große Bosheit, alle Achtung. Ein geduldiges Vernichtungswerk, weitsichtig angelegt, das da ein Sohn für seinen Erzeuger ersonnen hat, für das er erst Stellung und Macht erwerben, erst der Mietsherr seines Vaters werden mußte, um es ganz zu vollenden. [...] Aber nur jemanden, über den man auch Macht hat, kann man lange quälen. Machtlos und auf dich allein gestellt, bleibt dir nur der kurze Überfall, der Heckenschuß, das Attentat – lauter schnelle Wendungen, in denen das Böse niemals zu seiner vollen Entfaltung kommen kann, denn diese wird nur in freier Dauer, bei unentrinnbarer Wiederkehr der Marter erreicht.

Alles hat seine Zeit, nur die Orte haben ihre Weile. Und am Ort zu bleiben verführt oftmals zu einem zeitwidrigen Verhalten. Er hätte, so denkt er inzwischen, viel früher davongehen müssen, um das Elend, die Bosheit und die Entartung ihrer gemeinsamen Zeit nicht erleben zu müssen. Aber das Haus fing ihn in seine Weile, und Weile kommt vom lateinischen *quies*, Ruhe ... Doch in den Räumen raste und lärmte das Zerwürfnis. Weshalb dieser Genuß des Eifers, die Wonne des Zorns? Warum nicht murmelnd untergehen?

Nun betritt er als Gast diesen Ort, an dem sie früher alles miteinander teilten. Der Besuch gilt dem kleinen Sohn, den er mit auf eine Bergtour nehmen will. Der äußere Gleichmut, mit dem sich die Eltern begegnen, ist eine manegereife Leistung der Selbstbezähmung. Der Mann hat seinen unbändigen Haß so abgerichtet, daß er brav seiner Frau eine Hand reicht, die ihr eigentlich an die Gurgel will. Mit übereinandergeschlagenen Beinen, das Geschlecht abgeriegelt, sich in der Gewalt habend, sitzt er bei ihr am Küchentisch, allerdings ohne daß sich ihre Blicke ein einziges Mal kreuzen. Er spürt vor sich einen Menschen, wahrscheinlich den einzigen, mit dem er es je zu tun hatte, den selbst sein Tod nicht versöhnlich stimmen würde. Sie sitzt derart verschlossen, in ihre Verhärmung eingesperrt, erstarrt, daß nicht einmal ein leises heißes Fauchen über ihre Lippen kommt. So sieht er sie.

Das also ist das wahre und tiefe Mißglücken von zweien, das keine Worte, keine Gesetze je mildern können. Zu hoch angesetzt, zu tief abgerutscht. Die Ressentiments bewahren noch die halbe Kraft der Sentimente, die einmal so übermütig und fordernd waren. Dabei läßt sich nicht ausmachen, ob im Sinne von Schuld einer dem anderen vorging; ob nicht vielmehr die Ursache für ihr zuletzt verkehrtes Verhältnis in der Ungleichheit von Zeit und Weile zu suchen ist.

Das Schulzeugnis des Jungen vorlegend, tritt sie nahe neben ihn, während er weiterhin am Tisch sitzt, die breiten Hände vorm Gesicht, schweigend. Sie aber schlank, hoch, beinah mit dem Bauch an seine Seite stoßend, den rechten Arm gestreckt auf die Tischkante gestützt, so daß der Ellbogen nach innen knickt, die hornige dunkle Haut in schrumpeligen Falten liegt, den Kopf gesenkt aufs Schlüsselbein. Eine weißblonde Haarsträhne, vorfallend, weht auf unter ihrem schweren Atem, Atem einer tiefen Erschöpfung, Atem einer Frau, die jetzt für ihr Leben gern klein beigäbe, aber gerade und aufrecht steht, um in der Erschöpfung schön zu sein mit hängendem Kopf und leicht ausgestellter linker Hüfte, gerade steht, jedoch bis auf den Anstoß nah bei ihm, bereit, auf seine geringste Regung hin das Geradestehen aufzugeben, sofort ihre mühsame Haltung zu verlassen, sich rund zu machen, sich zu öffnen und zu wälzen auf den glühenden Kohlen der Versöhnung.

Du liebst den Menschen, der dich vor Liebe nicht sieht. Nur den, der dich verkennt, liebst du.

Kein besseres Inkognito findet der Mensch, als ein geliebter zu sein.

Ihre Schwester sagte später, die beiden hätten sich beim Kennenlernen vor lauter Ahnung nicht in die Augen sehen können, Paul und Alissa, Sänger und Model. In Mailand verbrachten sie ihre letzte Nacht.

Sie saßen im hinteren Raum der Trattoria, wo sie sich

küßten, mit vollem Mund über ihren Tellern, die Augen geschlossen, als ob sie einander atzten, und dünner Saft floß aus den Mundwinkeln, tropfte vom Kinn. Doch plötzlich riß es die Frau vom Stuhl und sie ging, stürmte davon. Rings um den Mund war ihre Haut stark durchblutet, fleckig vom Pressen und Saugen. Sie sah aus wie ein kleines Mädchen, das sich den Mund mit Brombeermarmelade verschmiert hatte. Die Geküßte floh wie tief getroffen, obwohl doch kein einziges Wort aus den miteinander verschlossenen Mäulern entwichen war und nur der Kuß selbst etwas Furchtbares enthalten haben konnte.

Der Sänger erschlug seine Liebste. Sie konnten sich nicht ansehen, so unbezwinglich war die Gewalt zwischen ihnen. Monate vor der Tat sonderten sie sich ab von allen anderen, Freunden, Berufskollegen, sogar von ihren Kindern, die sie in noch bestehenden Ehen hatten. Das Höchste aber geschah dann ununterscheidbar von niedrigster Gemeinheit: wie viele Trunkenbolde der primitivsten Sorte haben nicht ihre Frau zu Tode geprügelt? Blind vor Begierde zerriß er die viel zu Begehrte. Als er sie zum ersten Mal sah, war sie tot. Nüchtern geworden, stand er vor ihrem kalten, übel zugerichteten Körper.

Ausgefranste Gewerbesiedlung, kaum Verkehr um diese Zeit. Jedoch, wie wenig hilft das, wenn von innen die

Unrast an den Knochen rüttelt. Ausgerechnet in diesem Zustand, von Grund auf unversöhnlich eingestellt, muß ich hier draußen – schon von ferne dieses unebene Getappse! – auf einen Krüppel stoßen, der in einem Laufstall, gefertigt aus mehreren Spazierstöcken, unendlich schwer und langsam über die Promenade schlurft im Dunkeln. Er taucht auf, ein gräßlicher Menschenrest, ein Unfallfreak, amputiert bis unter die Stirn, und schleppt mir seine abnorm gemächliche Welt entgegen, stört meinen Lauf, schikaniert mich, ganz einfach, durch widriges Zeitmaß. Ja, ich bin in Eile, bin beunruhigt, voller Sorge, und dieser Behinderte behindert mich, rücksichtslos, und sein vollkommen eigener, unveränderlicher Stotterschritt will mir aufsässig scheinen. [...]

Der Schwerbeschädigte, von dem wenig geblieben ist, fast kein Gesicht, nur flache weiße Haut, aus Schenkeln oder vom Rücken hinauftransplantiert, ohne Haare, ohne Lippen oder Ohren oder Nase, aber mit einigen aus offenem Mundloch hervorstehenden, in den kaputten Kiefer geschraubten Kunstzähnen und mit orthopädischen Krallen, wo Hände waren, mit hohen, festverschnürten Schuhen an den Beinprothesen, dieser Mann, der gewiß nur nachts hinauskommt, den schwarzen breitkrempigen Hut in die Stirn gedrückt und da nun der vornehme Hut sein muß zum Schutz, folgt darunter der feine Seidenschal und dazu passend, weiterhin unauffällig elegant, sein langer taillierter Kaschmirmantel, so daß er es geradezu auszukosten scheint, im Laufstall noch bis in den letzten Kragenknopf als Herr aufzutreten – er hat sich im übrigen wohl an jede Einschränkung gewöhnen können, nur an eines aber nicht: daß sein bloßer Anblick jedermann erschaudern läßt. Das wird er nie verwinden, immer nur Gesichter voll Schreck und Abscheu zu erblicken, wenn er sich mal jemanden anschauen möchte und die wimpernlosen Lider hebt.

Sie wußte genau, was es bedeutet, sich neben diesen Mann zu stellen und gemeinsam mit ihm aus dem Fenster zu schauen. Beide, die sich nicht kannten, standen still nebeneinander, ihr rechter Arm hing neben seinem linken, beide Hände hingen, bis sie nach kurzer Zeit, beinah selbsttätig, von Händeanziehung bewegt, sich faßten, die Finger sich verhakten und falteten und sich heftig drückten. Auf einmal standen sie Hand in Hand, ein sozialer Rollenwechsel höheren Grads, herbeigeführt durch eine der anfälligsten Positionen zwischen zwei fremden Menschen: gemeinsam aus dem Fenster zu schauen.

Grauen und Angst standen den Flüchtenden nirgends auf der Stirn, die Gesichter gaben nichts von dem erblickten Unheil wieder, sondern sie waren kahl von Entgeisterung. Die Quelle des Fluchtstroms, der Ort, von dem alles und jedes seinen Lauf genommen hatte, mußte unmittelbar hinter dem Hügel, der leichten Anhöhe liegen, zu dem die vierspurige Fahrbahn hinaufführte. Die Umkehrenden strebten anfangs in beschleunigtem Tempo zum Stadtinneren, und es fiel auf, daß sie alle in dieselbe Richtung zogen, der Strom spaltete und teilte sich nicht, niemand wich vom Hauptstrom ab, suchte seitwärts in die Gassen auszuweichen oder zu einem bestimmten Stadtviertel zu gelangen. Schließlich konnten sie Schutz, Haus und Unterkommen nicht alle in ein und derselben Richtung erwarten. Die Menge aber, sei es in Blindheit, sei es durch eine geheime mengendynamische Steuerung, trieb es zur Stadtmitte und offenbar, wie jeder am Maß ihres Laufs erkennen konnte, weit über die Mitte hinaus stadtauswärts, auf und davon, weil niemand mehr zu glauben schien, innerhalb ihrer Mauern den ausreichenden Schutz zu finden. Es waren keine Schreie zu hören, nur ein chaotisches Getrampel. Gleichwohl herrschte nicht eigentlich Chaos und noch weniger Panik in der gesamten Fluchtbewegung, die zwar ziellos und mächtig, jeden mitreißend, jedoch im tiefsten unüberstürzt und gleichförmig ausgerichtet war. Unheil und Grauen hatten ihr Werk an diesen Menschen bereits zur Vollendung gebracht. Wohin und so weit sie auch laufen mochten, sie hätten nirgends und nie aufgehört, vom Schrecken durchdrungen, gezeichnet zu sein. Was sie innerhalb von Sekundenteilen geblendet, angeweht hatte, wirkte wie eine Droge, ein Reizmittel, das ein uraltes, tierisches Relikt, nämlich den Fluchtinstinkt, freisetzte und über jeden anderen Antrieb erhaben machte. Es war, als ob der Schrecken, der ja nur mit Vernichtung gedroht hatte und das Ende lediglich *spüren* ließ, einen festen Code in die Chemie der Nervenfasern eingeschmuggelt hätte, der sie zu einem ununterbrochenen und selbstläufigen Laufen zwang: diese Flucht ohne Erinnerung, ohne Ahnen, ohne Wissen, wozu und wohin, nur in dem Bedürfnis, vom Sog der Läufermasse bewegt zu werden. So waren sie unter dem Laufen zu Verdammten des Laufens geworden und ein Davonkommen unmöglich.

Mitunter liest man in einer Geschichte der technischen Erfindungen: Die Chinesen besaßen wohl die Mittel, ihre Entdeckung zur praktischen Anwendung zu bringen. Doch sie ließen die Sache auf sich beruhen. Welch ein unscheinbarer Satz, und welche Macht, Unheil abzuwenden, steckt in ihm! Der schiere Gegen-Satz zur furchtlosen Neugier der Neuzeit. Er deutet doch auf einen konzeptuellen Sicherheitsvorbehalt im menschlichen Wissensdrang, der nicht erst von der abendländischen Kirche in Erinnerung gerufen werden mußte.

Curiositas, die wissenschaftliche Neugierde, wurde von Augustin als Todsünde gebrandmarkt. Manchmal beginnt man zu begreifen, daß dies in hellster Vorsicht und zur Bewahrung des Lebens geschah.

Zu Besuch

Ein Heizungsmonteur, der vor acht Jahren von seiner jungen Frau geschieden worden war und seither kaum noch Verbindung zu ihr unterhielt, faßte sich endlich ein Herz und besuchte sie auf einer Reise, die ihn in den Süden Deutschlands führte, in ihrem neuen Heim. Sie hatte sich binnen kurzem wiederverheiratet und lebte nun an der Seite eines Professors für Wirtschaftsgeschichte in gänzlich veränderten Verhältnissen. Zwei Kinder im Alter von fünf und sieben Jahren umgaben sie, eine Villa mit Garten und ein Landhaus am Bodensee – insgesamt ein Lebensstil, der mit den biederen und schwierigen Gewohnheiten in ihrer ersten Ehe nicht zu vergleichen war.

Der Monteur, der seit der Trennung allein geblieben war, wurde von seiner geschiedenen Frau freundlich, aber doch nicht herzlich begrüßt und ins Haus geführt. Sie und mehr noch ihr jetziger Mann erkundigten sich eine höfliche Zeit lang nach dem Verlauf der Reise, seinem Urlaubsziel sowie seinen gegenwärtigen Eindrücken von B., der Stadt, aus der er kam und die sie seit längerem nicht besucht hatten. Die Kinder wurden vorgestellt und ein Abendbrot wurde aufgetischt. Unterdessen nahmen die sich gegenübersitzenden Eheleute, der Professor und seine bildschöne Frau, ein sachkundiges Gespräch wieder auf, das sie, wie es den Anschein machte, nur bei der Ankunft des Gastes einstweilen unterbrochen hatten. Es war ein temperamentvolles und hochinteressantes Gespräch, das tiefreichende Fragen an die Zukunft der Industrienation stellte, und es wurde von den beiden bestritten wie von sehr erfahrenen Debattanten. Einem unbefangenen Besucher wäre diese Darbietung eines regen Gedankenaustauschs gewiß befremdlich erschienen. Er hätte zweifellos den Mangel an geziemender Intimität, der zwischen den Eheleuten herrschte, sofort bemerkt und ihn als blendende Abschirmung empfunden gegen jeden unerwünschten Einblick in den wahren Charakter ihrer Verständigung. Nun war aber der Heizungsmonteur ein äußerst befangener Gast. Zudem hatte er große Mühe, dem Stil und dem Gehalt der Erörterungen überhaupt zu folgen und konnte sie daher nicht leicht als kühlen Vorwand durchschauen. Jedesmal, wenn ihn von den Rednern ein blitzender Seitenblick traf, mit dem sie lediglich ihre Wirkung auf ihn prüften, lief es ihm kalt über den Rücken und er fühlte sich immer dringender gebeten, endlich den Mund aufzumachen und sich der weitläufigen Unterhaltung anzuschließen.

Er saß da und kam sich vor wie ein Bettler, der von dem reichen Gabentisch des Geistes, der sich vor ihm ausbreitete, so geblendet und gelähmt war, daß er nicht einmal die geringen Brocken, die für ihn abfielen, aufschnappen konnte.

Das Gefühl, daß man ihn hier auf eine provozierende

Weise offenbar für klüger hielt, als er wirklich war, machte ihn erst recht unsicher und beklommen. Er gehörte nicht zu denen, die arm an Verstand sind und doch immer dazwischenplatschen, schon deshalb, weil sie klügere Leute nicht ausstehen können, und sich mit ihrer Dummheit auch noch überheblich gebärden. Das soll einmal seine Frau gewesen sein? Dieses Wunder an blühender Schönheit und müheloser Intelligenz? Hatte sie nicht alles bei ihm entbehren müssen und dazu sich nur verbraucht in Beruf und Hausarbeit, ohne irgendeinen Wert oder Sinn zu schaffen – keine Kinder, kein Garten, kein Reichtum, kein geistiger Austausch? Wie hatte sie es überhaupt so lange aushalten können bei ihm? Jetzt erst erschien ihm ihre Ehe wirklich null und nichtig. Er trank mit von dem Wein, aß von der kalten Platte und hörte von fern die klugen Worte schallen. Doch er sagte nichts und verbarg seine Traurigkeit hinter einem schwach, aber regelmäßig beipflichtenden Kopfnicken.

Das sichere und umfassende Wohlsein, zu dem seine Frau gelangt war, nachdem sie ihn verlassen hatte, schien ihrem unbilligen Entschluß nachträglich alles Recht zu geben und ihr früheres Leben zur reinen Bedeutungslosigkeit zu verurteilen. Als nun das Gespräch zwischen ihr und dem Ökonom sein natürliches (oder eingespieltes) Ende gefunden hatte, war auch der Abend schon spät, und er schämte sich seines ungeselligen Schweigens.

Da eine verlegene Pause entstand, wuchs der Druck von Raum und Mensch, der auf ihm lastete, so übermäßig, daß auf einmal, ganz ungewollt, fast unkontrolliert, wie aus einer undichten, alten Leitung, Worte aus ihm hervordrangen und er zu sprechen begann. Erst sickerte es leise heraus, schwoll dann an, sprudelte für einen Moment, um dann bald wieder zu sinken und zu verrinnen … «Wissen Sie, die Leute, ach, wenn ich schreiben könnte, Sie ahnen ja gar nicht, was ich alles mitkriege. So'n dickes Buch, aber ungelogen, so dick! Mein Gott, in was für Wohnungen hab ich schon reingesehen! Was hab ich nicht alles mitgekriegt. Die Leute nehmen ja kein Blatt vor'n Mund. Ganze Romane könnte ich erzählen. Glaubt mir ja keiner, was man da alles zu hören kriegt. Sie können sich nicht vorstellen, wie es in den meisten Wohnungen aussieht. Das ist zum Teil eine richtige Zumutung für den Monteur, sag ich Ihnen, so'ne Löcher im Parkett, ist keine Seltenheit, ich schwör's Ihnen, und da klebt die Katzenscheiße in den Ritzen, die Kinder haben ihren Dreck nicht aufgeräumt, hinter der Heizung klemmen die Käsereste, als hätten sich die Leute das Abendbrot um die Ohren gehauen, und Ungeziefer, ganze Ameisenstraßen laufen durch die Küche, Sodom und Gomorrah ist nichts dagegen. Und dann plötzlich heißt es: Scheidung! Mir nichts, dir nichts. Was für ein Geschrei! Was für ein Gewese! Scheidung. Spielen aber weiter in derselben Tippgemeinschaft –»

Bei niemandem hinterließen diese Worte eine größere Verlegenheit als bei dem Redner selbst. Er ergriff seine Serviette, die er klein und kleiner faltete, um damit die

Brotkrümel vom Tisch in seine Hand zu kehren und die Hand schließlich über dem abgegessenen Teller zu leeren. Nur seine frühere Frau hatte einmal flüchtig gelächelt, fast liebevoll, als dieser unverwechselbare Ton aus vergangenen Tagen zu ihr drang. Der Professor sah auf seine Armbanduhr und mochte sich entschuldigen, denn er hielt eine Vorlesung früh am nächsten Vormittag. Somit erhoben sich alle drei vom Tisch, und die Eheleute wünschten dem Besucher eine angenehme Nachtruhe und eine erfreuliche Weiterreise. Der Heizungsmonteur überwand seine Verlegenheit und gab seiner Frau beim Abschied zwei Wangenküsse. Sie lächelte wieder und strich leicht mit dem Daumen der gegebenen Hand über einen seiner Fingerknöchel. Der Mann verließ die Villa des Wissenschaftlers und begab sich zu seinem Hotel, in dem er ein Zimmer für diese Nacht seit langem vorbestellt hatte.

Am nächsten Morgen fuhr der Monteur noch einmal vor das Haus, in dem er zu Gast gewesen war, und klingelte aufgeregt an der Eingangstür. Es war ein Schaden an seinem Wagen aufgetreten, der ihn beunruhigte, denn er hatte noch eine weite Strecke vor sich. Nach einigen Minuten erschien seine erste Frau in der Tür. Er fragte, ein wenig umstandslos, ob sie nicht eine Werkstatt wüßte, irgendetwas sei mit der Lenkung nicht in Ordnung. Jetzt, da er sie plötzlich allein vor sich sah, in ihrem halboffenen Morgenmantel nur leicht bekleidet, da er sich mit dem alten, alltäglichen Vertrauen an sie wandte, traf ihn ein Blick, wie er abweisender nicht sein konnte und beförderte ihn zurück in die kühlste Entfremdung, in das respektabelste Gegenüber, das für zwei Menschen, die sich einmal geliebt hatten, überhaupt nur erreichbar war.

Die Frau mit ihrer vom Schlaf zerdrückten Frisur gähnte und schüttelte den Kopf. Sie wies zu einem nahe gelegenen Kiosk, an dem er sich erkundigen sollte, und schloß wieder die Tür.

Der Mann ging zurück zu seinem Auto. Er ärgerte sich über seinen unbesorgten Auftritt, seine verfluchte grobe Harmlosigkeit, mit der er schon soviel Schaden angerichtet hatte. Natürlich, dachte er, sie mußte ja glauben, daß das nur ein billiger Vorwand war, sie noch einmal zu sehen, allein, am frühen Morgen ... Dabei hatte er jetzt doch tatsächlich ganz andere Sorgen.

Die Zahlen

«Es wird mir zu eng!» sagte der Rohrleger Zerner, «es wird zu eng in der Wohnung, wenn deine Freundin uns besucht. Wir kommen zu dritt kaum aneinander vorbei auf den zweiundvierzig Quadratmetern.» Größer war die Anderthalb-Zimmer-Wohnung in der Schöneberger Martin-Luther-Straße nicht. Man hätte sich längst verändern können, aber es sollte gespart werden. Und die Freundin würde auf der Couch vor dem Fernseher schlafen. Was, wenn sie früher schlafen ging als er, falls er noch die Sportschau sehen wollte? «Es wird mir zu eng.»

Seine Frau erwiderte: «Ich habe in Kempten drei Wochen in ihrer kleinen Wohnung wohnen dürfen, umsonst, bei großer Gastfreundschaft alles in allem. Ich bin es ihr einfach schuldig.»

Roswitha kam also, blieb aber nur fünf Tage, die sie allerdings von früh bis spät in der Wohnung verbrachte. Sie ging nicht ein einziges Mal aus. Sie fühlte sich nicht danach. Sie wollte nur ganz eng mit ihren Freunden sein. Diese fünf Tage wurden, wie vorausgesehen, für Zerner und auch für seine Frau Renate eine harte Belastung. Denn Roswitha tat nichts, redete kaum, war zu keiner Unternehmung zu bewegen. So erreichte sie ihr Ziel, ganz eng mit den beiden zu sein.

Zerner sagte zu seiner Frau nach dem dritten Tag: «Morgen schmeiße ich sie raus. Sie ist mir mehr als nur im Weg. Sie drückt mir auf die Seele. Morgens vor der Arbeit, wenn es dringend ist, sitzt sie auf dem Klo. Mittags, wenn ich zum Essen komme, verleidet sie mir mit ihrer Appetitlosigkeit, ihrem lustlosen Stochern in den Speisen, die Mahlzeit. Wenn du vor jemandem sitzt, der das, was du gerne ißt, derart verachtet und angewidert von sich schiebt … Nein! Das geht zu weit. Abends, wenn ich heimkomme, sitzt sie auf meiner Couch, sieht Programme, die ich niemals sehe, und hat gerade das letzte kaltgestellte Bier getrunken. Dazu noch ist sie ein hochgestochenes

Mensch. Man hat das Gefühl, selbst wenn sie schweigt, fährt sie einem über den Mund.»

«Sie ist krank!» rief Renate laut und wies ihn mit dem einen Wort zurück.

«Aber warum ausgerechnet in meiner Wohnung? Sie kommt zu Besuch und breitet sich krankheitshalber in meiner kleinen Wohnung aus. Das ist rücksichtslos. Die Birne im Lampenschirm geht kaputt, sie läßt es, wie es ist. Der Kleiderhaken unter ihrem schweren Wintermantel bricht ab. Sie läßt es, wie es ist. Du auch. Bist du auch krank?»

«Ich bin glücklich, daß ich ihr die schönen Tage in Berlin noch bieten kann.»

«Sie setzt ja keinen Schritt vor die Tür.»

«Das ist auch gar nicht nötig. Sie fühlt sich bei uns mehr zu Hause als bei sich in Kempten.»

Am Vorabend ihrer Abreise, es war der vierte Tag, weigerte sich Roswitha, die übliche Partie Rommé zu spielen, und wollte auch kein Fernsehen. «Ich möchte nur noch einmal ganz eng mit euch sein. Es ist ja das letzte Mal», sagte sie.

Zerner kramte den Lottoschein aus der Schublade, den er am nächsten Tag abgeben mußte.

Er kreuzte drei Kästchen an, da kam ein Anruf, und er hatte für die nächsten Minuten ein ärgerliches Telefonat zu führen. Roswitha bemächtigte sich unauffällig des Scheins und kreuzte die fehlenden drei Zahlen an. Als Zerner mit hochrotem Kopf vom Telefon zurückkehrte, nahm er in

Gedanken den ausgefüllten Schein und steckte ihn in seine Brieftasche.

In der Woche nach ihrer Abreise fand er beinahe jeden Tag irgendwo eine geringe Spur von ihr, die er sofort beseitigte. Dann kam der Lottogewinn. Er machte ihn zwar nicht mit einem Schlag zum Millionär, erhöhte aber seine ohnehin beträchtlichen Rücklagen um immerhin 7936,85 Euro.

Die Summe, die er gewann, war identisch mit den Zahlen, die gewonnen hatten!

Er betrachtete das beispiellose Ziffernwunder, und es wurde ihm fast schwarz vor Augen. Seine ungläubigen Blikke hoben sich von den Zahlen, streiften über die Wände seiner engen Wohnung und blieben schließlich auf einer weißen Taube stehen, die sich draußen auf dem Fensterblech niedergelassen hatte. Seine Frau schien weit weniger als er vom Wunderbaren verwirrt. Sie nahm der Taube ein weißes Band aus dem Schnabel, auf dem noch einmal die Gewinnzahlen liebevoll mit rotem, grünem und blauem Garn gestickt waren. Auf der Rückseite aber stand: Es gratuliert Euer Engel Roswitha.

Seine Frau hatte sofort eine düstere Ahnung befallen. Daher konnte sie vom Wunder nicht berührt werden. Roswitha war in Kempten aus dem neunten Stock der Versandhaus-Zentrale gesprungen, direkt von ihrem Arbeitsplatz in die Tiefe.

Wie bei einem Stern empfangen wir jetzt erst das Licht einer solchen Person, die vielleicht vor tausend Jahren lebte, in früher Sagenzeit. Und diese Unbestimmbare hing sich an einen Mann, der sich zu Hause auf das Sofa fläzt und mit dem Fingernagel zwischen den Zähnen stochert. Ein durch und durch lichtunempfindlicher Tropf, ein Banause in jeder sinnlichen Beziehung, doch an ihm hielt sie fest, ihm gab sie nach, wann immer er's wünschte. Welche Gnade hoher gegenseitiger Verkennung erhält so ein Paar!

«Du mußt dich endlich von deinem Übersohn befreien!» eifert meine Hosteß, die staatlich zugeteilte Lebenshilfe. Wie kann jemand eine solch abgegriffene Formel überhaupt noch greifen, ohne daß sie ihm entgleitet? So scharrt aber in den Köpfen das alte Geröll. Gemütsgeschichtlich eher von jüngerer Ablagerung. Nur der kanonisierte Gemeinplatz zur Sicherung von Gemeinschaft überlebt derart geschützt, während er auf der freien Wildbahn der Gedanken längst verendet wäre.

Der Rolladen der alten Concierge, Fenster parterre zum Hinterhof blieb nun seit Monaten geschlossen. Die Alte mit dem uralten Schäferhund wohnt nicht mehr hier. Oder lebt nicht mehr. Oder liegt ihren Rest ab im Krankenhaus. Der humpelnde Gang aus der gelähmten Hüfte täglich zu den Mülltonnen, um sie niederzustopfen, damit sie nicht so schnell überfüllt sind; die ruppigen Anweisungen an den türkischen Hausmeister und seine Kinder, zwischen den Geranien hervorgerufen; im Sommer auf der Straße mit dem Hund abends, im bleichen geblümten Kleid. Im ersten Jahr zu Weihnachten schenkte ihr Maria eine teure Seife, weil wir uns gut stellen wollten mit ihr. Die fröhliche Maria ist seit langem tot, die Alte ist fort. Wohnenbleiben ist ein Schauplatz der Vergänglichkeit. Wer umzieht, Häuser, Städte wechselt, macht die Bewegung des Vergehens mit und erfährt sie nicht aus seiner Umgebung.

Ich habe ein Menschenalter in Frieden aus dem Fenster geschaut.

Dabei hatte es durchaus nicht immer so ausgesehen, als wäre das Mißglücken unausweichlich in ihr begründet. Es gab zum Beispiel eine Zeit, zwischen 18 und 25, einige Jahre vor und während ihrer Ehe, in denen sich ihr Wesen plötzlich aufhellte. Sie wurde Frau, und für eine kurze Weile sorgte ein Schub Naturbestimmung auch dafür, daß sie gesprächig wurde, bloß um einen Mann zu finden und eine Familie zu gründen. Damals konnte sie willfährig und geschmeidig, aufmerksam und selbstlos sein. Es war denn wohl auch ihre schönste Zeit, sie selbst empfand es so. Mit der Geburt der Kinder hatte ihr Glück seinen obersten Pegel erreicht und ritzte ein unauslöschliches Maß für das folgende Sinken, die Entfernung nach unten. Ihre Lage verschlechterte sich, als ihr Mann zum Inspektor befördert und zur Hauptverwaltung in die Kreisstadt versetzt wurde. Jetzt, da sie häufig die Woche über allein war, begann zügig und unaufhaltsam die Rückverwandlung, brachen die kleinen Depots mit Giften und Abwehrstoffen ihrer Jugend wieder auf und stiegen ins Blut; das schroffe Weigern und Schweigen kam zurück, ihre Herkunft nahm wieder Besitz von der erwachsenen Frau. Inzwischen, so scheint es, ist ihr Leben in seiner Mitte bereits in ein langes Enden eingelaufen und dreht Runde für Runde in der gleichen Spur. Unabänderlich und ausweglos. Mit trivialer und grausamer Folgerichtigkeit.

Ein älterer Kaufmann, der gerade von einer Reise nach Peking zurückgekommen war, hatte zu ihm nur nebenbei, mit einem Mundwinkel voll bescheidener Wehmut gesagt … «in China, da gilt nämlich auch heute das Alter noch was ...» Und dieser banale Satz, in der Lotion einer leichten Rührung, drang sofort in das Gewebe seiner eiligen Wahrnehmungen und Urteile und lähmte sie für einen Augenblick von tiefer, bewußtloser Geduld. Augenblick der gehabten Wahrheit, in dem sich das Allgemeine zuinnerst des Einzelnen selber erkennt.

So erfährt man von vielen Dingen gerade auf den Höhepunkten des Lebens, daß sie genauso sind, wie es im Buche steht.

Es ist besser, der vielbeschriebenen Lilie noch ein ähnliches Wort hinzuzufügen, als ihrer Würde nicht zu entsprechen.

Mochte den Vater nicht, mochte die Tochter nicht, die ich miteinander streiten hörte. Sie war vielleicht 17 und wollte mehr Geld, er war Anfang vierzig und wollte es nicht geben. Die Tochter beschimpfte den aus der Studentenbewegung hervorgegangenen Maler-Professor mit einem großspurig aggressiven Vokabular, das dieser einst selbst mit in Umlauf gebracht und auch heute noch drauf hatte, nur nicht dann, wenn es darum ging, sich der Zahlungsansprüche aus geschiedener Ehe zu entziehen. Zwischen ihnen wirkte der Generationskonflikt wie ein fauler Witz der Geschichte oder wie ein ernstes Intermezzo von Nicht-Geschichte. Ich merkte nur: ich will von beiden nichts mehr wissen. Das Falsche ist gleich gut verteilt. So wie man auch weder für diese noch für irgendeine andere Staatsform ist.

Der Richter fragt den alten Mann, den KZ-Wächter Fuchs, wie er heute zu den Tatsachen der Judenvernichtung stehe. Der Herzkranke antwortet nach dem Muster der Unbelehrbaren: «Man hätte die Juden auf eine einsame Insel abschieben sollen.» Der Richter: «Und was würden Sie sagen, wenn der Staat verfügte, daß alle Leute mit dem Namen Fuchs auf eine einsame Insel abgeschoben werden müßten?» Der Fuchs, kleinlaut: «Man hätte die Judenfrage auf anständige Weise lösen sollen.» Der pädagogische Richter: «Was nennen Sie anständig?» Der Nazi, so in die Enge getrieben, sagt endlich ganz leise, was man von ihm zu hören wünscht: «Man hätte die Juden in Ruhe lassen sollen.»

Dieser dort will nichts mehr. Aufwand nur noch, um ein bißchen im Kreis zu tappen. Oder vorm Haus im Sand zu wischen. Es ist gut so. Gut. Schlußschlummer vorm errichteten Haus. Überleben wird der unendlich langsam «Ja!»-Sagende. Eines hält er noch fest, nur eines aber noch.

Jene unerkannte Frau mit dem schwarzen Kurzhaar, die ein Mannesalter lang vor ihm herlief und sich, indem sie die Sonnenbrille herunterschob auf der Nase, dem Näschen, spöttisch nach ihm umblickte, ob er ihr auch noch folgte, und er konnte ja nicht anders, mußte hinterdrein, ewig, gottweißwohin. Nie sah er sie von vorn. Diesmal aber, vorm Haus, war er der erste. Er hatte sie tatsächlich überholt. Gleich wird sie um die Ecke biegen, dachte er, gleich hab ich ihr ins Gesicht gesehen. Und so geschah es.

Es ist der Vater, der sich vom Stuhl erhebt, wenn der Sohn anruft, sich mehrmals verbeugt und bedankt für den Anruf, der seinem Sohn hörige Vater. «Eric!», so meldet er sich, samt Ausrufezeichen, und läßt seinen Namen herrschen über den Erzeuger.

Aber so habe *ich* dich genannt, mein Junge, denkt der Vater kurz und zaghaft.

Der Geist, der über das Endergebnis eines Fußballspiels entscheidet, entsteht zwingend aus dem seit 119 Minuten Geschehenen und erhebt sich über die Erschöpfung in der Verlängerung. Dieser Geist ist eine aus dem bisherigen Spielverlauf extrahierte, höhere Laune, die den einen zum unfehlbaren Torschützen bestimmt, während sie den anderen unfehlbar daran hindert, den Ball ins Tor zu lenken. Damit wird Unvorhersehbares zur systemabhängigen Größe, während Glück und Zufall, von außen einwirkend, nicht beteiligt sind.

«Ich bitte dich …!» Eine immerzu Bittende, Flehende war sie geworden, doch war nie zu hören, worum sie bat. «Ich bitte dich …!» Nur immer die Ellipse, der Ausruf, die Ermahnung, die Aufforderung, Einhalt zu leisten. Eine Bitte, die nie eigens ausgesprochen wurde und vom Angerufenen nie erfüllt, nie abgeschlagen werden konnte. Soviel er auch sprach und ihr zugestand, es unterlief ihr immer nur dies «Ich bitte dich …!» Nicht einmal als Einwand gegen etwas, das er vorgebracht hatte, sondern eigentlich so, als wolle sie dem Sprechenden gar nichts anderes abringen, als auch einmal sprechen zu dürfen. Aber wenn er nun einhielt, ihr Zeit zum Sprechen ließ, dann kam nichts von ihr. Sie blieb still und hörte, als spräche er noch. In der Pause bat sie um nichts, erst als er fortfuhr, wieder loslegte, dauerte es nicht lange und sie begann, «Ich bitte dich!», gleichsam von seinem Sprechen aufgewühlt, etwas zu erflehen, von dem kein Mensch wissen konnte, was es denn sei, sie am allerwenigsten, in ihrem endlos sich aufbäumenden Zuhören.

«In Feriensiedlungen», begann er unter breitem Vorausschmunzeln, «finden sich zuweilen diese alle Zimmer unterdrückenden Giebel, die sogenannten Nurdachhäuser im Fertigbaustil. Das Dach reicht dort vom First bis nah an den Boden, so daß man von fern fast glauben möchte, der menschliche Wohnraum sei unter den Erdboden gesunken.

Ein Wesen mit ähnlich ausschließlichem, den Grund berührenden Oberteil, wenngleich nicht spitz wie der Giebel, sondern vielmehr oval oder glockenförmig wie eine lange Pilzhaube ohne Stil, ein schieres Nurglatzgeschöpf betrat das Einwohnermeldeamt. Die beiden dicken jungen Beamtinnen sprangen vor Schreck von ihren Stühlen: das Wesen war nicht höher als die Barriere, hinter der sie ihren Dienst versahen. Sein knochiger Schädelmantel reichte bis auf den Boden. Es rappelte und klapperte inwendig, wenn es sich fortbewegte. Seine Vorderseite war lediglich zu vermuten an einer langen spitzen Knochenfalte oder -kante, welche eher an den Nasenschutz antiker Kriegerhelme als an eine Nase selbst erinnerte. Aber eigentlich war es doch nur ein dünner langer Nasenrückenstrich, und er war blutig aufgeschürft. Kein Auge, kein Mund, keine Ohren waren zu erkennen, weder Haut noch Haar, noch Fleisch. Dennoch konnte man das Nurschädelwesen eindeutig für ein männliches ansehen. Es war sogar, wenn man es mit dem ersten erschrockenen Blick erfaßte, die leibhaftige

Verselbständigung des Nur-Männlichen am Mann. Der knöcherne Starrsinn auf Füßen (die man aber nicht sah, es klapperte ja nur unter dem Schädelsaum, als schlügen viele kleine beinerne Platten gegeneinander).

Wo wollte der schaurige Nurmann wohnen? Er war offenbar nicht fähig, sich durch eine menschliche Stimme verständlich zu machen. Die Verschlossenheit des Männlichen hatte auch hierin nachgerade ihre Vollendung erreicht. Mehr als ein paar knirschende Knochenreibelaute brachte er nicht hervor.

Die beiden jungen Frauen preßten ihren Hintern gegen die Fensterbänke und wimmerten vor Ekel und Grauen. Die Glatzglocke klapperte leise vor der Barriere auf und ab. Sie schien daran gewöhnt, geduldig abzuwarten, bis sich das erste Entsetzen, das sie bei jedermann hervorrief, allmählich legte.

‹Ausweis!› schrie eine der beiden beleibten Frauen, wobei sich ihre gewöhnliche Unfreundlichkeit in ein hysterisches Kreischen überdrehte. Unter dem Schädelrand wurde ein staatsüblicher Personalausweis hervorgeschoben, eingelegt der Meldezettel mit der Unterschrift des neuen Mietsherrn. Die beiden staunten nicht schlecht, als sie den Namen des Ungetüms lasen: Prinz René Adalbert zu Lahnstein und Stolzenfels. Dann verglichen sie das Foto mit dem vor ihnen befindlichen Individuum. Ja, es stimmte. Was sie aber in weit größeres Staunen versetzte, war das im Ausweis verzeichnete Geburtsdatum des anmeldepflichtigen Wesens. Es war nicht etwa steinalt – man hätte es auf Anhieb auf hundert Jahre und mehr, ja wenn nicht gar auf ein vorgeschichtliches Alter geschätzt! Doch es zählte kaum einundzwanzig Jahre. Ein junger Prinz! Und wo hatte er sich zur Untermiete einquartiert? Bei einer gewissen Rosemarie Meerschaum, Coburger Straße 89. Jetzt, wo sie den Kerl beim Wickel seiner Personalien hatten, gewannen die behördlichen Damen umgehend ihren Barriere-Dünkel zurück und wurden reichlich dreist. Was war über diese Meerschaum sonst noch in Erfahrung zu bringen? Was war das für eine, die solch erzkahlen Prinzen bei sich aufnahm? In Windeseile durchleuchteten sie die Bürgerin auf ihrem Datengerät.

‹Aha!› sagten sie leise und einmütig, denn es zeigte sich, daß es unter den bisherigen Mietern der Frau Meerschaum von langnamigen Hochwohlgeborenen nur so wimmelte. Sie hatten also in ein wahres Adelsnest gestochen! Daraufhin sahen sie einander in ihre langen Gesichter und mußten sich eingestehen, daß hier lediglich eine Wunderlichkeit vorlag, jedoch keine Ordnungswidrigkeit und nichts, wogegen sich ein Verdacht erheben ließ. Sie hatten der Knochenhaube anstandslos die Bescheide auszuhändigen. Es befand sich soweit alles in seiner Ordnung. Jedoch, unter dem Bearbeiten und Bescheinigen wich ihr anfängliches Grauen vor dem Nurmann einer zunehmenden weiblichen Herablassung gegenüber dem armen Unbeleibten, diesem Ausbund an Schädel, in dem sie jetzt nichts als die letzte Entartungserscheinung eines Blutverfalls, einer Geschlechtsverkalkung erblickten. Der Märchenprinz als

Rundumglatze. Wo sie zuerst vor dem Nurmann erschrokken auf die Fensterbänke geflüchtet waren, spöttelten sie jetzt über den Kaummehrmann. Das vorgeschichtliche Ungetüm wurde ihnen kurzerhand zum nachgeschichtlichen Mutanten. Daneben standen sie vergleichsweise gut und gesund im Fleisch, mit ihrem mittleren Bandscheibenschaden und der leichten Anlage zur Fettsucht. Von hoch oben, von Schrei und Schock und Geschlechtsalarm waren sie wieder hinuntergeglitten in ihre dumpfe, breithüftige Ordnungsgemäßheit, und da sich beim vorliegenden Meldeakt nichts Aufregendes und Abnormes begab, waren die beiden erregten Gemüter wieder in die gewohnte Ruhelage zurückgekehrt. In dieser verfügten sie über ein so geringes und so festgefahrenes Ausdrucksvermögen, daß sie selbst für diesen einzigartigen und außerwahrscheinlichen Einwohner ihrer Stadt zuletzt nicht mehr als ihre ganz alltägliche verdrießliche Geringschätzung übrig hatten. Sie beschieden ihn muffig und faul wie nur irgendeinen anderen nicht weiter beachtenswerten Meldepflichtigen auf dem Amt.»

Immer wieder spiegeln Menschengesichter etwas, das unmöglich allein aus ihrem Inneren stammen kann, aus ihrem oft zeitgemäß beschränkten Gemüt. Das Gesicht spricht bis zuletzt, wenn sonst am ganzen Menschen keine Gebärde und Sprache mehr. Es ist auch dann noch zum

Widerschein von etwas sehr Fernem fähig. Von etwas sehr Fernem und Unpersönlichem. Alles Geheime steht im Gesicht.

Irgendwann, später einmal, so ging es ihm im Kopf herum, würde er sie bitten, sich zu Hause mit dem Rücken gegen die kalte Wand zu stellen, die Arme ein wenig auszubreiten und die Innenflächen der Hände auf die Mauer zu drücken. So stehenbleiben. Mir zuhören. Dich nicht bewegen, eine halbe Stunde lang nicht antworten. Dann geht er vor ihr auf und ab und zieht die Bilanz. Löst den Betrug. Und den Selbstbetrug. Das Leben seit vielen Jahren, in dem so viel Falsches sich sammelte, sich staute.

Ein Alter ist es, der eine dreiviertellange Jacke aus billigem Kunstleder trägt, in hellem Karamelton und mit der weißen gekräuselten Fellimitation im Kragen, sehr enge Jacke und schon mindestens dreißig Jahre alt. Früh um halb fünf zieht er mit kleinen, beeilten Schritten durch die menschenleeren Straßen, in denen der Zeitungsausträger von Block zu Block fährt und wo in Bürohäusern das Etagenlicht aufflackt, wenn die Putzkolonne an die Arbeit geht. Wer ist es, wer war er?

Er sagt: «Ich habe nach dem Krieg einen Zeitungskiosk geführt. Am Nollendorfplatz.» Und sonst noch? «Ich war Soldat.» Davor? «Ganz früher bin ich Radrennen gefahren.»

Er verleugnet sein Werk. Er war Soldat, auch Radrennfahrer. Doch in Wahrheit ist er Carl Gustav Reutel, Verfasser des zweibändigen Epos in Versen DIE NORNEN, erschienen im Verlag Perlhauer und Brunn, Leipzig o. J. Er sagt: «Nach dem Zusammenbruch mußte ich Steine klopfen und Kanister sammeln.» Er sagt auffallend oft: «Nach dem Zusammenbruch», so daß man den Eindruck gewinnt, seine Erinnerungen konzentrierten sich im wesentlichen auf die unmittelbare Nachkriegszeit. Erst allmählich ahnt man, daß er vom Zusammenbruch seiner geistigen Kräfte spricht. Ich halte in Händen den ersten Band der NORNEN, Fundstück aus dem Keller einer verstorbenen Schauspielerin, deren Nachlaß ich als Notar verwalte. Das Exemplar stammt zweifelsfrei aus dem persönlichen Besitz des Autors. Es ist beinah bis zur Unlesbarkeit mit Streichungen, Randbemerkungen, Verbesserungsversuchen, höhnischen Selbstkommentaren versehen. Offenbar handelt es sich um den letzten Versuch, sich dem eigenen Werk wieder zu nähern, «nach dem Zusammenbruch», der im übrigen etwa um 1941, also mitten im Zweiten Weltkrieg stattgefunden haben muß. Ich habe dies erst herausgefunden, nachdem ich den zweiten Band der NORNEN glücklich aufstöberte in einem Rotterdamer Antiquariat. Hier nun wurde es möglich, ungestört von Autorenkommentaren zu lesen, was Reutel ursprünglich geschrieben hatte. Verse von großer, gedankenbewegender Kraft und Schönheit, wie ich meine, jedoch in einem Stil gehalten, als hätte es einen Klopstock ins Zeitalter der Jagdbomber verschlagen. Ich habe dem Alten die beiden Bände seines Werks vorgelegt, aber er hat sie wie zwei leere Zigarrenkisten aufeinandergestellt und beiseite geschoben. Er habe kein Verhältnis zu Büchern, ließ er mich wissen. Ich habe daraufhin nicht ein zweites Mal versucht, ihn dazu zu bringen, sein Werk anzuerkennen. Ich hielt es nicht für schicklich und konnte es auch nicht verantworten, den alten Mann zu zwingen, seine «Legende», die er sich wie ein Spion zugelegt hatte – Selbstschutz? Selbstflucht? –, zu zerstören und sich seiner Existenz als Autor wieder bewußt zu werden. Er ahnt nicht, daß ich es nun bin, der sich mit dieser Dichtung beinah an Autors Statt herumschlägt und identifiziert und alles durch Wort und Schrift dafür tut, ihr in der Geschichte der deutschen Literatur den gebührenden Platz zu erkämpfen. An eine Neuauflage des Werks ist so lange nicht zu denken, als es der Autor nicht als das seine anerkennt oder wiedererkennt. Es bleibt mir nur, in Vorträgen und Aufsätzen zu referieren, zu zitieren, was bis jetzt mir allein als Reutels NORNEN vorliegt. Ich habe in Heft 769 der Zeitschrift ‹Werk und Wort› Auszüge der Glossen und Ornamente veröffentlicht, mit denen Reutel den ersten Band der NORNEN zunächst zu schmücken, dann zu überdecken, schließlich zu tilgen versuchte. Sie sind wohl ein einzigartiges Zeugnis für das einem nichtschöpferischen Menschen kaum vorstellbare Grauen, das dem Autor die Wiederbegegnung mit seinem Werk bereitete. Einzigartig vielleicht auch deshalb, weil in diesem Fall nicht das Werk vor dem kritischen Blick des Verfassers dahinsank, sondern weil es umgekehrt seinen Medusenblick auf ihn richtete und seinen Geist, seine Person, seine Geschichte zerbrach. Im Spiegel der vollendeten NORNEN hatte Reutel das Antlitz seines Dämons erblickt: er stürzte in den Abgrund einer heillosen Entzweiung.

«Gibt es schon das Wort THEOLOGIE?» stammelt er am Rande der vorletzten Seite. «Vielleicht eine Möglichkeit, den ganzen Kram mit *einem* Ausdruck zu erledigen.» Sein Werk hatte ihn in die vollkommene Unkenntnis versetzt.

Julia spielt im Sand. Mit ihrer gelben Plastikschaufel gräbt sie vor dem Kiosk auf der Düne, drückt sich an den geschlossenen Rolladen mit dem Spray der Zoten und Parolen. Der erste Frühlingstag am Meer ... zu sehen das dumpfe Gesichtchen des Kinds, als trüge es die Jahre schon in sich, in denen man nicht mehr aufbegehrt und keine Rolle mehr spielt. Schon ermattet von trüben Aussichten, so scheint es, scheint schwach und gedämpft, das kleine Gesicht, als wäre es der leere Entwurf mit den vorgegebenen Umrissen, die nur Bitternis und Mißvergnügen füllen können.

Frühmorgens um sechs öffnet ein Obsthändler mit seiner Frau den Rolladen seines Verkaufsstands. O Gott! schreit die Frau, denn es stürzt eine schwarze Wolke von Wespen, unzähligen, sich dauernd vermehrenden, ans Licht. Der Obsthändler wie seine Frau sind im Nu in die Wolke gehüllt. Dicke Klumpen wimmelnder Wespen bilden sich an ihren Kleidern, auf ihrer Haut und in ihren Haaren. Verwickelte Waben speicheln und kleben die entarteten Flügler an die Menschenhaut, da sie in der Lage sind, überall, selbst in die haltlosen Lüfte ihre Gehäuse zu bauen. Die beiden Befallenen halten sich indes zur größten Ruhe an und pflücken einander die wuchernden Wespenschwärme aus den Haaren, vom Nacken und aus den Kleidern. Da es ihnen gelingt, dies mit größter Ruhe und Geduld zu tun, werden sie schließlich von ihnen befreit. Ihre Langmut wirkt wie eine störende Strahlung auf das hektische Ungeziefer, das durch unablässige Vermehrung seine Unruhe steigert, und schließlich fallen sie sämtlich ab vom Obsthändler und seiner Frau, die nicht einen einzigen Stich davontragen.

Der Listenschließer

Er hieß der «Listenschließer», weil er in nahezu jeder Kategorie, in der die Firma ihre Mitarbeiter wertete, den untersten Platz belegte. Nicht das «Schlußlicht». Denn das Wort verletzte Persönlichkeitsrechte und durfte nicht verwendet werden. In keine Richtung strebte sein Ehrgeiz, eine besondere Begabung war ihm trotz vielfältiger Untersuchungen auf keinem Gebiet zu bescheinigen, weder in der Organisation noch in der Logistik, noch im Verkauf und schon gar nicht unter dem Rubrum «kollegiales Verhalten». So etwas kommt an sich selten vor. Für irgend etwas ist doch jeder gut. Man hätte ihn feuern können, aber der Personalchef gab sich mit keinem Ergebnis zufrieden. Sie blieben alle vorläufig. Er hatte am Untersuchen einen Narren gefressen und dachte sich immer neue Beurteilungsverfahren aus, um irgend etwas Brauchbares an diesem Mann herauszufinden.

Solange diese Evaluierungen weitergingen und das Rätsel des Unbegabten nicht aufgeklärt war, zögerte die Firma verständlicherweise, ihn mit einer verantwortungsvollen Aufgabe zu betrauen. Dabei hätte vielleicht gerade die starke Anforderung seine verborgenen Befähigungen hervorgelockt. Nun, er hatte es zu ertragen, daß ihm jedesmal ein in seinen Augen besonders durchschnittlicher Kollege vorgezogen wurde.

«Natürlich!» rief er dann seinem PC-Nachbarn zu, «die Firma hat sich wieder einmal gegen mich entschieden. Den Wirrkopf Dirk schicken sie nach Japan, nicht mich.

Wer hätte sich nicht schon gegen mich entschieden?

Mein Vater bereits hat sich gegen mich entschieden, als er mich und einen unehelichen Sohn gleichzeitig zeugte, so daß meine Geburt und die Scheidung der Eltern auf denselben Tag fielen. Meine Mutter hat sich gegen mich entschieden, indem sie später einen reichen Immobilienmakler heiratete, der natürlich seinen Sohn, meinen Stiefbruder, nach Oxford zum Studieren schickte, nicht mich. Soll ich wirklich alle aufzählen, die sich im Laufe meines Lebens gegen mich entschieden haben, wenn es um eine klare Entscheidung ging?

Wenn ich sie alle aufzählte, vom ersten Kindermädchen, das sich gegen mich entschied, weil ich ihr zuviel brüllte, bis zu meiner letzten Frau, die sich gegen mich entschied, weil ihr plötzlich ein höheres Lebensziel, als ich es war, vorschwebte. Meine Tochter, die sich gegen mich entschied, indem sie meinen übelsten Prozeßgegner heiratete, was noch? … Ach, die Liste würde niemals enden!

Mit einer Ausnahme, und diese hat mir der gestrige Abend beschert.

Ich war bei weitläufigen Verwandten zu Besuch, und weitläufig waren auch die Räume, in denen sie einen Empfang gaben. Lauter offene, ineinanderlaufende Zimmer, anstelle der Wände gab es nur Pfosten, Säulen und Stützen und so gut wie keine Möbel. Es war das Ganze ein einziger Durchgangsraum, aber Durchgang wohin? Das wußte niemand.

Sie trug einen schwarzen Pulli und einen dreiviertellangen plissierten Rock. Mit den ersten Blicken blieben wir aneinander hängen, und ich sah mich froh von ihr gesehen. Sie lächelte und erfreute sich an unserer Liebäugelei. Es wurde ringsherum viel gesprochen – und ich redete besonders auffällig und berücksichtigte sie mit jedem meiner Worte, so daß sie manchmal ausschließlich auf sie gemünzt waren. Denn ich hoffte sie ins Gespräch zu ziehen und endlich ihre Stimme zu hören. Sie mochte sich aber nicht beteiligen. Die dunklen Haare fielen glatt über ihre Schultern, das Gesicht war schmal, und ihr Mund glich einer aufgeplatzten Kirsche, einer reifen Frucht, die einen Spaltbreit offensteht. Dies wunderschöne Gesicht also zeigte offenkundig Interesse an jenem Mann, der hier bei euch der Listenschließer heißt und gegen den sich beinahe jeder entscheidet, kaum daß er irgendwo zur Wahl steht. Der Abend löste sich auf, doch war es mir nicht gelungen, ein einziges Wort mit ihr zu wechseln. Nachdem man sich allgemein verabschiedet hatte – und nicht jeder einzeln und gesondert –, trat ich zum Fenster und überdachte die wieder einmal gegen mich gefällte Entscheidung. Doch da spürte ich sie auf einmal in meinem Rücken. Oh, sie war tatsächlich zurückgekehrt, sie stand unmittelbar hinter mir. Unwillkürlich faßte ich, ohne mich umzudrehen, so nah stand sie an meinen Schultern, ich faßte rückwärts mit beiden Händen ihre Taille – es war eine etwas sonderbare Gebärde, die

Gebärde eines ungläubig Verliebten, der nicht wagte, sich ohne weiteres umzudrehen. Der es vielmehr vorzog, das Unwahrscheinliche in seinem Rücken zunächst mit den Händen zu ertasten, bevor er sich der Gewalt des Anblicks aussetzte. Und so fragte ich, ohne mich ihrer vergewissert zu haben, aus dem Rücken heraus: Kann ich dich wiedersehen?

Nun, sie antwortete mir. Sie besaß also Stimme und Worte, und beide waren zart und rauh zugleich.

Das trägt es nicht, sagte sie. Doch ich hörte noch ein vorgefaßtes Ja verklingen in ihrem Nein. Sie lehnte sich an meinen Rücken, sie legte Hände und Schläfe an meine Schultern, und ihr Haar wärmte meinen Nacken. So standen wir eine Weile, und ich konnte mich nicht umdrehen. Ich dachte, jetzt geben wir das Bild für ein Paar, das sich schon lange kennt. Jetzt stehen wir da, vor diesem Fenster, als liege das Schönste und Schlimmste bereits hinter uns. Dann ging sie rasch davon.»

«Und wie ging es weiter?» fragte sein Kollege.

«Das war alles.»

«Ich glaube, du hast dich falsch verhalten. In so einem Fall muß man sich abrupt umdrehen und die Person an sich ziehen.»

«Natürlich, natürlich. Aber so ein starkes Bild, das zerstört man doch nicht, nur um mit jemandem eine kleine Geschichte zu haben.»

So war der Listenschließer. Es ging ihm das Ende im Anfang auf.

Ich ging mit dem Schritt einer angesehenen Persönlichkeit auf einer Geschäftsstraße und zeigte ein In-mir-Ruhen, das ich keineswegs besaß, sondern nur vorgab, um neugierige Blicke auf mich zu ziehen. Aber es traf mich kein einziger. Außerdem hielt ich vier hölzerne Kochlöffel in der Hand wie vier lange Lilien, so daß ich mich auf eine Weise für auffällig hielt, die mir selbst unangenehm war. Doch es traf mich kein einziger Blick. Ich setzte mich in ein Boulevardrestaurant und steckte die Kochlöffel in die Innentasche meines Mantels. Während ich die Speisekarte studierte, sah ich eine schwangere Frau, die einen Kasten Bier vor ihrem hochgewölbten Bauch schleppte. Sie ging vor den Tischen ein wenig auf und ab. Niemand rührte sich. Ich sprang auf, unwillkürlich, um ihr die Last abzunehmen. Sie zeigte ein dankbares, befreites Lächeln. Nun trug ich vor meinem Bauch den Kasten Bier. Ich trug ihn sehr lange und unter wachsender Anstrengung, denn die Schwangere wußte nicht mehr, wo sie ihr Auto geparkt hatte. Es kam mir verdächtig vor: Wie hätte sie je allein einen solchen Transport mit verlorenem Ziel bewältigen können? Ich schleppte und schleppte und sah, daß es kein Ende nehmen würde. Ich schleppte mich mit dem Bierkasten vorm Bauch in einen Zusammenbruch hinein. Immer wieder mußte ich absetzen und sah dem gespielten Anfall von Verzweiflung zu, den die Schwangere ohne Variation und Steigerung wiederholte, da ihr Auto nicht zu finden war. Oder, wie ich nun glauben mußte, da sie in Wahrheit in der absehbaren Nähe keines geparkt hatte.

Während ich meine Kräfte bis zur Erschöpfung verbrauchte, stellten sich mir immer dieselben Fragen: Weshalb hatte mich niemand angesehen, als ich mit vier Kochlöffeln so auffällig die Straße entlangging? Weshalb war niemand außer mir aufgesprungen, als eine hochschwangere Frau mit einem Kasten Bier am Bordstein auf und ab ging? Was wäre aus ihr und ihrer Last geworden, wenn ich nicht von der Lektüre der Speisekarte aufgesprungen und ihr zu Hilfe, zu einer endlosen Hilfe, wie sich herausstellte, geeilt wäre?

Dies also war mein erster Vorstoß in völlige Dunkelheit. Mein Schleppen war ein Tasten – in Blindheit und Finsternis. Doch niemand sonst hielt mich für blind oder in Finsternis gehüllt.

M., Freund und Nachbar, hat eine ehrenamtliche Tätigkeit bei der Unfall-Seelsorge übernommen. Er wurde zu einem Suizidfall nach Pasewalk gerufen. Ein Zweiundachtzigjähriger erschoß sich, weil ihm seine zweiundsechzigjährige polnische Freundin nicht gefügig sein wollte. Bei der ersten Pistole klemmte das Magazin – eine früher fast sprichwörtliche Metapher für sexuelles Versagen, das heute, pharmakologisch abwendbar, das Bild von der Ladehemmung veraltet erscheinen läßt. Er lief auf den Hof und holte aus dem Transporter eine zweite Waffe. Setzte den Schuß an die Schläfe. Das Projektil blieb im Hirn stecken, aber er war hinüber.

Wenn wir uns an die Normalität von sexuellen Obsessionen im Greisenalter gewöhnen sollen, müssen wir zuvörderst sämtliche Schönheitsbegriffe, die aus Kunst, Literatur und Film in den vergangenen zweitausend Jahren auf uns kamen und die sich fast ausnahmslos mit Jugend verbanden, tilgen oder, schlimmer: relativieren. Am besten wäre es, ausgewählte Idole der erotischen Kultur nachträglich zu ver*agen*. Beim Film ließe sich mit Hilfe digitaler Überarbeitung jeder Jünglingsteint in eine Landschaft mit Falten und Schrunzeln verwandeln. Auch Romeo und Julia kann man mit Achtzigjährigen besetzen. Werther hingegen müßte etwas umgeschrieben werden.

Wenn sich der alte Herr am Telefon meldet, seinen Namen nennt, so spricht er ein Ausrufezeichen mit, gefolgt von drei Punkten der Erwartung, ob man ihn gleich erkennt und einzuordnen weiß. Eine ganz andre Stimme meldet sich da als die kleine genuschelte von unsereinem. Der ehrwürdige Intellektuelle spricht; jemand, der ein Leben lang seine Person mit Bedeutung ernährte, bis sie zum Fabeltier mutierte, Phönix oder Basilisk. Denn eine sichere, wunderliche Einbildung ist sich selbst dieser Mann, der noch die Vorkriegsstädte bewohnte, und seinen Namen spricht er aus mit federnder Zunge, während wir, die lediglich die Kulissen einer Friedensperiode hin und her verschoben und im wesentlichen nur die Schleier lüfteten, die längst zerrissen waren, während wir die Stimme kaum erheben, wenn wir am Telefon den eigenen Namen nennen, ihn eher murmeln, blaß und kaum verständlich, fast schamhaft, als wär er uns von Geburt ausschließlich zur Anmeldung bei Pförtnern verliehen, die ihn fehlerhaft notieren und verstümmelt weitersagen.

Doch nichts schrecklicher, als ihn gekannt zu haben, den Überleber. Er war aus dem letzten Krieg gekommen mit einem zerschossenen Arm, ein dicker gemütlicher Mann und tüchtig als Lehrer der Altphilologie. Und mit zwei wasserhellen Augen, darin gierte das Überleben. Und er überlebte die, die er liebte und erzog. Auch ich gehörte einmal dazu und hatte einst meinem Überleber in sein wäßriges Auge geblickt. Noch sucht er mich nur am Telefon, sein freundliches Gesicht mit dem mörderischen Augenschein kommt näher. Wer von ihm lernte, wird vor dem Meister zugrundegehen. Wie vor mir die anderen Zöglinge durch Unglücksfälle oder Krankheit, nachdem die meisten von ihnen den friedlichen Lehrer kurz zuvor wiedergesehen hatten. Er ist der verfluchte Überleber von allen, die er einmal anleitend und formend berührte.

Die städtischen Wasserspeicher vor den Brunnenvergiftern zu schützen, das war unser Job, Vater und Sohn auf ihren nächtlichen Wachgängen unter Flutlicht und hinter dem hohen Gitterdraht. Wir selbst hinter Gittern, selbst unter Folterlicht.

Die gleißende Nacht erzählte uns ein Stück «vom noch nie dagewesenen Horror» – den sie allerdings auf wohlvertrautem Muster ausspann.

Raupenwürmer waren das diabolische Produkt, der Auswuchs, der bei der genetischen Bastelei an einem natürlichen Schädlingsbekämpfer in der Landwirtschaft entstanden und entwichen war.

Kunstlebewesen, die sich mit höchster Geschwindigkeit vermehrten und deren Nahrung sie selbst waren. Sie widersetzten sich jeder biologischen, jeder physischen Vernichtung. Sie bildeten überall dicke Schichten, fraßen und paarten sich. Man blickte zu Haus durch ein spaltlos abgedichtetes Fenster, vor dem die Würmermasse wimmelnd anstieg und in Sekundenschnelle Licht und Aussicht raubte. Die Stadt mit ihren Hochhaustürmen erstickte unter den Raupenmutanten, dem finalen Geschmeiß, mit der höchsten Vermehrungsrate aller Lebewesen dieser Erde. Aus den oberen Fenstern der Türme hörten wir von unserem entfernten Posten die erstickten Rufe der Menschen: «Hell ... Hell ... !» Nicht Hölle meinten sie, sondern einer letzten Helligkeit galt ihr schwaches Schreien, letzte Helligkeit war ja die höchste Sehnsucht dieser von Würmerhalden und Würmerwänden so entsetzlich Verdunkelten. Wir wurden hinter unseren Sicherheitszäunen schier verrückt vor Hilfedrang und Ohnmacht. Wären wir doch nicht zu Wächtern bestellt, sondern dürften einmal als Katastrophen-Dienst zum Einsatz kommen! Schließlich hätten wir über geeignete Mittel verfügt. Wir trugen Overalls mit Kapuze, und an der Vorderseite war eine abständige Leiste mit kleinen rotierenden Klingen befestigt. Vor Jahr und Tag war es schon einmal zu unnatürlichem Wachstum gekommen, jedoch zu rein pflanzlichem, das rings um das Wasserreservoir wucherte. Ein Dschungel von unbezähmbarem Gestrüpp breitete sich aus und bedrohte die Staubecken. Wo man sich morgens einen Weg zur Arbeit gebahnt hatte, war er zum Feierabend schon wieder dicht verwildert. Wir gingen daher fast immer in aluminiumverstärkten Anzügen und waren Schneiser auf all unseren Wegen.

Wie leicht wäre es für uns gewesen, auch durch die Raupenwogen zu schneisen und die letzten Einwohner aus ihrem Abgrund zu befreien!

Doch wir mußten auf unserem Posten bleiben, Wache schieben, fern jeder Bedrohung durch Brunnenvergifter, während wir gleichzeitig der Stadt Rettung bringen und sie vorm Untergang hätten bewahren können.

Und wieder war's, als hätte der Himmel die Erde still geküßt – nur daß ich selbst wie ein Kuchenkrümel mitten im Kuß steckte. Ein Fremdkörperchen zwischen sich findenden Lippen, eine winzige Unreinheit im irdischen Mundwinkel, und der Kuß ging als 100 000-Volt-Seligkeit durch mich hindurch, verbrannte mich vollständig und ließ nur ein Häufchen Glück von mir übrig, das ich im Leben nie hatte oder das, gleichsam als stille Reserve, ungenutzt in mir aufgespart war.

Der Roman des Lebens besteht aus tausend ungeschriebenen. Wie viele Leute melden sich zu Wort, die alle aus triftigen Gründen in Beruf, Verein oder Urlaub mit Entrüstung sagen: «Darüber könnte ich einen Roman schreiben.» Oder: «Das ist Stoff für einen dicken Roman, was ich hier täglich erlebe.»

Der Roman, der in Verkennung des Romans den nackten Lebensstoff verspricht, bleibt jedoch zumeist eine Floskel maulfauler Leute, die als mündliche Erzähler versagen.

Zu lesen, allein, Abend für Abend, zu sammeln und zu ordnen, ohne sich daran zu berauschen, weder unterhalten noch entlastet oder abgelenkt, nur um: dahinterzukommen, als Ermittler, Endlos-Ermittler in der Sprache, aber auch in ihrem zarten Jenseits forschend, jenseits der Sprache das Gehabe, der Nimbus, Wellen und Stöße des Ungeahnten, fremde Frequenzen, überschlägige Berechnung von Existenz, die man vornimmt, innerhalb einer Frist, die nur aus Büchern besteht. Entziffern ohne das geringste Beschleunigungs- oder Vergrößerungsmittel, abgesehen von jenem perfekten Alleinsein, das die Welt wiederum in lauter Isolationen und Einzelheiten zerlegt, Detailvergrößerungen.

Was ist das für ein Verstehen? Ein abirrendes, vagabundierendes, hinausziehendes ... vielleicht schon alles *Fugue*, die Flucht hinaus, seinem Bewußtsein zu entfliehen, weil aus gestrüppigem Versteck, da draußen irgendwo, der äußerst Auswärtige dich rief?

Old men ought to be explorers. Man folgt einem unwiderstehlichen Wanderdrang, wie er zuweilen kranke Seelen befällt. Aber auch diejenigen, die dem Tod unter der Sonne entgegengehen und sich von ihm nicht abholen lassen.

Ich spürte aber, wie nah ich der Quelle einer einzigartigen Kraft und Großzügigkeit gekommen war, die es anderen Menschen ermöglichte, über alles Nebensächliche hinwegzugehen, über Geschichte, Orte, Namen, irgendwelche ironischen Anspielungen, und über alles Kleine und Konkrete, das ja auch ich hasse wie die Hölle, all dies kann der Sexus tilgen, absorbieren, während andere, die nicht mit ihm begnadet sind, alles pinglig und geistreich beim Namen nennen, und der Name hängt wie ein schlaffes Penis-Futteral an irgendeinem Ding, das der Priap wortlos genießt. Der Hunger der Sinne geht bei ihm über jeden Namen hinweg und kennt nur die Person, die Gestalt. Geht über jedes Detail hinweg und kennt nur die Verausgabung.

Denjenigen, der zur Treue neigt und sich auf den einen Menschen beschränkt, umgibt der Geruch des Geizes. Wer sich gar *rücksichtsvoll* verhält, wird tatsächlich niemals so heiß geliebt wie der stromernde Saat-Verschwender, der wohl von der Person, die an ihm hängt, als rücksichtslos, als Schwein, Betrüger und Verräter bezeichnet wird – aber an seinen sinnlichen Gütern möchte sie dennoch ihren Anteil haben!

Der Sohn aus Ulm, ehemals VW-Monteur, im Rollstuhl vor dem Friedhof, fast blind und kann das Wasser nicht mehr halten. Seine Mutter pflegt ihn bis zum Tod und kann es kaum bewältigen. Vor einem Vierteljahr ging er noch mit Diu spazieren. Er fiel ein paarmal hin. Das Kind half ihm wieder auf. Nun keine Operation mehr. Das Hirn verwuchert. Der Wucher schon faustgroß.

«Ich hab ihn zur Welt gebracht, ich trag ihn zu Grab. Ich lebe, damit sich der bittere Kreislauf erfüllt. Ich bette ihn zur Erde, ich nehm ihn zu mir. Was barmt ihr um mich?»

Später sah ich ein hohes schmiedeeisernes Tor. SIE und ER in festlicher Kleidung am frühen Morgen nach dem Ball, Smoking und Abendkleid. Die Frau hing in den Gitterstäben, klammerte sich mit Händen und Füßen ins Tor, rüttelte und wollte rein, nach Haus, zu ihrem in der Ferne hellerleuchteten Haus. Der Mann hatte den Schlüssel verloren verlegt verbummelt verschusselt verwechselt. SIE aber, wie ein spastischer Affe ins Gestänge verrenkt, schrie auf ihn ein: «Du hast den Schlüssel. Ich will in mein Haus!»

«Ich finde den Schlüssel nicht.»

«Ich will es nicht hören. Es kann nicht sein. Laß mich in mein Haus.»

«Ich fahre zurück. Ich suche den Weg ab nach unserem Schlüssel.»

«Bleib hier. Bring mich in mein Haus.»

«Es geht nicht, Liebes.»

«Dort steht mein Haus ... Ich will in mein Haus. Hör zu. Du wirst jetzt etwas Furchtbares tun. Du wirst mich durch die Stäbe pressen. Ich zwänge mich, du schiebst. Nimm alle Kraft und preß mich durch das Gitter.

Gott im Himmel! Laß mich zurück in mein Haus! Und du, schlag mir den Kopf durch die Stäbe. Schlag und tritt und ramm meine Hüfte durch das Gitter. Schieb! ... Preß! ... Stoß! ... Schlag! ... Klopfe fester!»

Und er drückte sie durch das Tor. Nur noch eine Halbseitige, ein blutiger Quetschrumpf kroch über den Kiesweg und auf das in der Ferne leuchtende Haus zu.

«Und ich?» rief der Mann.

«Du kannst jetzt zurückfahren und nach dem Schlüssel suchen», krächzte die Frau aus ihrem zerrissenen Mund.

Da öffnete sich hydraulisch, urlangsam, von selbst das große Tor. Sogleich eilte der Mann zu der Frau, die er zum Torso zerschlug. Er umarmte sie, er wollte sie tragen, doch die Halbseitige entwand sich ihm, sie schleppte sich mit ihren ausgekugelten Gelenken, ihren gebrochenen Knochen und blutigen Fleischfetzen gegen das Helle, das Ferne Haus. Und neben ihr kroch nun auch der Mann, damit er die Halbseitige ergänze und sie ihm vergebe. Gottes

Stimme begann zu wehen. Wer bist du, Wurm? *Der du in mir dein Antlitz verlorst?*

Heimkehren von langer Ferienreise Vater, Mutter, Schwester. Ich, Sohn und Bruder, empfange sie mit Applaus im Vestibül. Meine Schwester im weißen Kleid mit schmalem Gesicht und glühenden Augen. Die Eltern fangen sofort an zu räumen, die Post durchzusehen, in den Kühlschrank zu greifen. Sehr unruhig laufen sie aneinander vorbei durch die Zimmer. Auch die Schwester verrückt die umgesetzten Möbel an den alten Platz. Während des flatternden Hin und Hers wird erörtert, ob und wann man zum Italiener gegenüber geht, um eine Kleinigkeit zu essen. Nicht vor Mitternacht, sagen die Eltern, da Geschäftigkeit sie übermannt hat und weiterhin noch so viel zu erledigen ist, die Reise findet keinen ruhigen Ausklang. Die Schwester klagt über großen Appetit. Die Eltern empfehlen uns, den Kindern, schon jetzt auszugehen und etwas zu uns zu nehmen. Hin und her, her und hin: Laßt uns doch zusammen … Es wird zu spät … Geht doch schon vor.

Schließlich verlassen die Schwester in ihrem weißen Kleid und ich in dunkler Hose und dunklem Pulli das Haus. Kaum sind wir auf der Straße, nicht gerade unter dem Fenster der elterlichen Wohnung, aber nur ein paar Schritte weiter, da umarmen wir einander und küssen uns, verschließen die hungrigen Mäuler miteinander. Sind wie vom Blitz getroffen verliebt, aus der allgemeinen Hast, dem Hin und Her nach der Rückkehr brach es wie ein lang unterdrücktes Fieber hervor. Auf beinahe unwirsche Weise griffen wir uns und wühlten in den Kleidern. Es war wie ein eruptives, aus der Tiefe schießendes Kinderspiel. Die Lust, etwas Verbotenes zu tun, überwog die Begierde. Wieder unter uns zu sein, etwas zu haben, das wir vor den Eltern verbergen konnten, wie einst das Kompott und die Marmelade, die wir aus der Speisekammer stahlen, so kam es über uns. In all der Hast. Und auch dies: unvergleichlich guten Mutes zu sein gehörte dazu. Selbst wenn es wieder verschwindet zwischen uns, bleiben wir ja Bruder und Schwester und werden uns aus enttäuschter Liebe nicht verlieren. Die ganze Identität und Wärme unseres Bluts, unserer Zugehörigkeit war uns plötzlich zu Kopf gestiegen. Und nirgends waren wir mit unseren Eltern stärker verbunden als in diesem Geheimnis vor ihnen.

«Willst du mich? Dann bin ich, wie du mich willst.»

«Andere Liebe ist Liebe mit anderen, ist ausgehen. Wir aber kehren ein zueinander.»

«Sag, daß du es so willst.»

«Ich will es so.»

Ich schäme mich des Übermuts, der mir ins Blut schießt, sobald vom Himmel ein schwaches Hoffnungslicht für mich abfällt. An den Rand des Größenwahns treibt mich das geringste Kompliment für einen anwaltlichen Schriftsatz, der mir gelang, so daß mir in einem solchen Augenblick mein beständiges Unglücksgefühl als aus der Luft gegriffen, als von jeher falsch empfunden erscheint. Es genügt ein winziger heller Ton und der liebe schwarze Horizont reißt entzwei und quillt von goldnem Morgen über ... Doch es dauert nicht lange und ich bin doppelt zerknirscht über den Seitensprung meines Herzens, ich schäme mich für die hastig vollzogene Untreue, mit der ich meinen aufrichtigen Kummer hinterging, der es immer gut mit mir meinte, Saturns mustergültigem Sproß. Denn sehen Sie: sicherster Beweis für meine Existenz tief unten sind die jähen steilen Höhenflüge, blind und unbegründet, die haltlos fröhlichen Gedanken, die mein schweres Herz wie eine Hand voll Sand in die Luft werfen. Die rauschhafte Verkennung der eigenen Lage, das Blumenmeer der Selbsttäuschung, die selige Einbildung, daß es anders um mich stünde, als es in Wahrheit steht, sie sind meine Gärten von Alamut!

Im Stadtpark geht eine junge häßliche Frau um, stinkend und aschfahl. Stinkt draußen im Freien und keine frische Luft verweht den stechenden Geruch. Wischt sich nicht mehr ab, hockt sich hin, wo sie haust, scheißt und pißt hinter den Drecklappen ihres langen Schürzenkleids, das sie niemals auszieht. Aufgeschwemmt vom Müllfraß, zwei dikke Warzen nebeneinander auf der Backe, ringsum violettes Adermineral, lange Haare wie Loreley, bis auf den Hintern, verfilzt und verkrustet, durch Cola, Öl und Kotze gezogen, so daß es leimstarr wie eine gepreßte Matte auf ihrem Rükken liegt, und bestückt mit Abfällen aller Art, Streichhölzer, Büroklammern, Flaschendeckel, Fäden, Nußschalen, Kaugummis, bunter Dreck aus den Ecken, in denen sie gewöhnlich liegt und schläft, wie andere sich Blumen oder Spangen ins Haar stecken. Diese Frau hat in ihrer Verwahrlosung eine gewisse Vollkommenheit erreicht und scheint uns allen sagen zu wollen: es sein lassen, Abort werden selber.

Ich saß in einer Autobahnraststätte, junge Polizisten brachten mit lockeren Sprüchen Entführte an den Nebentisch, die von Kidnappern nach zweiwöchiger Haft auf einem Parkplatz ausgesetzt worden waren. Der leitende Beamte wandte sich an mich und stellte mir zwei Männer vor, mit denen, wie er sich ausdrückte, eine Unterhaltung vielleicht lohnend für mich wäre.

Da gab ich den Entführten die Hand und sah nichts als verschlossene deutsche Männer vor mir, sehr hochgewachsen, beide in Trenchcoats mit Achselklappen, der eine trug eine dicke Hornbrille. Diese Männer, dachte ich, wie wenig habe ich doch mit ihnen gemein, mochten sie nun Entführte oder in andere Abenteuer Verstrickte sein! Ihr Erleben, ihre ganze innere und äußere Ausdrucksbeschränktheit, ihre durch berufliche und menschliche Betriebsamkeit gänzlich abgeschliffene, banale Erscheinung, ihr lediglich den äußeren Mannesumriß erfüllendes unteres Schergentum der Männlichkeit stand mit mir in keiner geschlechtlichen Verwandtschaft, sie waren mir artfremder als Bisons. Ich dachte: was ist das für eine schale, verdruckste, leblose Rasse! Niemals erfreute ich mich unbefangener meiner Unvernunft, meines hüpfend mannweiblichen Herzens, meiner verwirrten, doch immer regsamen persona, meines Kindkönigtums an Erfahrung, denn ich, der gar nichts erlebt hatte, verglichen mit jenen, die fast erloschen die härteste Prüfung ihres Lebens bestanden hatten, ich war innerlich ein Alexander der Große! Was sie auch erzählten von ihrem außergewöhnlichen Erlebnis, unvermeidlich geriet es zu einem staubtrockenen Geschäftsbericht.

Es gibt Menschen, die leben ohne jeden Ausdruck von Geschlechtlichkeit – nirgends von Kopf bis Fuß wird man an ihnen einen Schimmer vom Sexus finden. Und wenn sie sich auch ‹geschlechtlich betätigen› wie jedermann, so muß das, gemessen an ihrer Erscheinung, mit dem Sexus so viel gemein haben wie ein Brieföffner mit dem Rolandsschwert. Sie gehen nackt, erbärmlich nackt, ohne jedes sexuelle Gewand, ihre Finger, ihre Augen, ihre Schritte umhüllt nicht der geringste Faden von sinnlichem Glück, von Sucht und Chaosfähigkeit – und mögen sie zu bestimmten Stunden (und nur auf diese begrenzt) ein noch so praktisches Triebleben führen.

Es gibt andere, zweifellos eine Minderheit, die sind, wo sie gehen und stehen, übergossen mit sexuellem Glanz. Deren Sexus verteilt und vermehrt sich in großer Vielfalt von Schattierungen und Andeutungen über den ganzen Körper zwischen Fuß und Zunge und weit über den Körper hinaus, Geist und Glaube umfassend, durchdringend, sogar die soziale Solidarität, die Bettlägrigkeit bei Grippe und den elektronischen Zahlungsverkehr, einfach alles.

Und diese sind, was ihre «geschlechtliche Betätigung» betrifft, vielleicht nur unscheinbar Liebende, vielleicht nicht einmal besonders zärtlich oder ausdauernd. Aber ihr Sexus ist allgegenwärtig in ihrem Anschein. Während die anderen ihn irgendwie epiphysisch abhandeln, nicht etwa verbergen – er käme ja immer zum Vorschein! –, sondern ihn irgendwo getrennt vom Körper, vom Selbstgefühl, von der Haut aufbewahren und auf Abruf zur Verfügung haben.

Das ist eine Verteilung von Licht und Schatten, die sich über alle Menschen erstreckt, gleich welcher Hautfarbe, Religion, welchen Geschlechts oder Rangs. Wobei im übrigen die reichen Menschen des Nordens weit weniger Helligkeit beisteuern als die Dunkel- oder Mischhäutigen der armen Länder.

Es ist eine Teilung, die noch sehr viel augenfälliger werden wird: die zwischen Geschöpfen der Lust und Geschöpfen der Unlust.

In der Nacht hatte ich einen merkwürdigen Traum. Ich lag vornübergebeugt mit dem Kopf auf einer Tischplatte. Es hatte wohl vor langer Zeit ein großes Fest stattgefunden in diesem Saal, und allerlei Ungeziefer kroch über mich hinweg. Dann kam ein Maikäfer. Er flog mir ins Haar. Mein Kopf war aber mit bunten Luftschlangen und Konfetti bedeckt. Das Haar war von über mir ausgeschütteten Getränken verklebt. Der Käfer verwickelte sich darin und blieb stecken. Ich riß ihn mit einem großen Bündel von Haaren und Papier vom Kopf. Ich ging zum Fenster und warf ihn hinaus. Es war aber plötzlich der vierte Stock meiner Wohnung in Rheydt. So verklebt und beschwert wie er war, konnte der Käfer nicht fliegen und stürzte hilflos in die Tiefe. Erst kurz vor dem Aufprall auf dem Trottoir gewann er plötzlich seine Flugkraft wieder. Jetzt erhob er sich langsam in die Höhe und flog, in dem Bausch von Luftschlangen und Haaren immer größer werdend, hinauf zu meinem Fenster. Ich stand aber mit dem Rücken gegen die Fensterbank gelehnt, so wie der Denkmalspfleger den ganzen Tag über. Hinter mir tauchte nun ein riesengroßes und gewaltiges Insekt vor der Scheibe auf. Es stieß immer wieder dumpf und pelzig gegen das Glas. Es will nur mit dir schmusen, sagte der Traum, und es stupste wirklich mit seinem grauen Maul gegen die Scheibe wie ein bettelnder Hund. Als ich mich aber zu ihm umdrehte, da erfaßte mich sein fußballgroßes, tausendfach gefeldertes Seitenauge und ich sah die entsetzliche, zerstückelte Gestalt, die es von mir wahrnahm.

Doppelrolle

In dem einen Verhältnis ist sie die Geschundene und Geschmähte. Im anderen aber ist sie die Thronende und Begehrte. Dort liegt sie zu Füßen, hier setzt sie den Fuß auf den Nacken. Dort wird sie gedemütigt, hier angebetet und verehrt.

Durch einen unglücklichen Zufall wurde er Zeuge ihrer alltäglichen, erbärmlichen Erniedrigungen. Er mußte mit ansehen, wie diese Frau, die für ihn unerreichbar schien und ihn anzog mit wunderbaren Kräften, dem andern zur billigsten Verfügung war. Wie er sie abstoßen und beleidigen durfte, wie er ihrer überdrüssig war und sie zu gar nichts gebrauchen konnte; und wie sie dennoch vor ihm kauerte, seine Knie umfaßte und darum winselte, wenigstens seine Mißhandlungen empfangen zu dürfen.

Am nächsten Morgen kam sie zu ihm. Kühl und stolz wie eh und je, als wäre nichts geschehen. «Wie kann ich dich nur befreien?!» klagte er. «Komm zu mir und laß dich nicht länger erniedrigen. Du brauchst Liebe und nicht Schande. Ich würde dich achten, denn ich kann nur einer

Gleichrangigen, nein, nur einer weitaus Höhergestellten mit ganzer Leidenschaft und Hingabe begegnen.»

«Ich besuche dich», antwortete sie, «weil ich Gefallen finde an deiner Höflichkeit und deinem erbötigen Betragen. Es tut mir gut und genügt, wenn du mir deine vielen schönen Worte schenkst. Deine Verehrung ist für mich längst ein nötiger Ausgleich geworden, um die Schmähungen des anderen mit der Kraft ertragen zu können, die ihm gebührt, auf die er ein Anrecht hat und durch die allein ich ihn halten kann. Würde ich diese Kraft nicht aus deinen sehnsüchtigen Augen, nicht aus deiner standhaften Werbung entnehmen, so wäre ich wohl endgültig verloren. Er spürte dann nicht einmal diesen geheimen Rückhalt, den du in mir aufrichtest und der ihn wohl von fern, ganz aus dem Verborgenen noch eben reizt. Ich wäre gebrochen, und er schmisse mich für immer beiseite.»

«Was verlangst du von mir?» rief der Anwärter, «du kommst zu mir als Besudelte, Verworfene, von ihm durch die gemeinsten Handlungen entstellte Person. Wie lange, glaubst du, wird meine Liebe es noch verkraften, dich täglich aufs neue reinzuwaschen, wenn du vor mir stehst, um dann doch immer unerwidert zu bleiben?»

«Darauf laß dir antworten, daß deine Geschichte mit mir erst in den vordersten Prüfungen und Anfängen steckt und daß deine Frage nicht dazu dient, mich von der gehörigen Ausdauer und Unbeirrbarkeit, die dein großes Vorhaben verlangt, zu überzeugen. Immerhin mußt du wissen, daß auch er, der jetzt alles über mich vermag, früher einmal unter ganz ähnlichen Umständen begonnen hat, sein Ziel zu erreichen.»

«Ich will keineswegs werden wie er! Und dieses Ziel, dich zu beherrschen und zu erniedrigen, ist durchaus nicht, unter gar keinen Umständen das meine.»

«Über das Ziel entscheidest nicht du und nicht ich. Darüber entscheiden ausschließlich die Gewalten, denen wir überlassen sind, wenn wir erst vollkommen allein und in auswegloser Freiheit einander gegenüberstehen.»

Seltsam, dachte er, wie ist das nur möglich? Gestern, dem anderen zu Füßen, was für ein armes, lallendes Dummchen war sie da! Und heute, wie viel herrische Klugheit legt sie vor mir an den Tag!

«Es kann sein», sagte er schließlich, «daß du nichts anderes bezweckst, als mich auf ständig anzustellen und zu benutzen, um dir die nötigen Reserven für diese klägliche Mißbindung zu besorgen. Es kann aber auch sein, daß es so ist, wie du zuletzt gesagt hast: wir befinden uns erst im Vorhof zu einer unerhörten Begegnung, und es kommt alles darauf an, daß ich nicht frühzeitig verzage und mutlos werde. Ich stehe also vor der Wahl, anzunehmen, daß ich entweder den immergleichen *Motor* eines Unglücks mitbetreibe oder daß ich eine noch zu ungeahnten Wendungen fähige *Geschichte* in Gang bringe.»

«Nur ein blinder Skeptiker wie du», antwortete sie lächelnd, «wird sich vor eine solch überflüssige Wahl gestellt sehen. Man merkt daran, wie weit du noch vom *Glauben* an die Liebe entfernt bist. Zu ihm mußt du allerdings noch finden, denn nirgendwo sonst könnte eine Geschichte von dir und mir ihren Anfang nehmen.»

Der Alte dachte unter seinen Worten: Wie wohltuend ist das Nebeneinander zwischen ihr und mir! Das Nebeneinander. Die einzige Nähe, in der die Spannung der Geschlechter zuweilen als gelöst empfunden wird. Die einzige Zuordnung von Mann und Frau, in der sie eine *gemeinsame Front* bilden und nicht nach irgendeiner *Stellung* schielen, in der sie sich vereinigen können. Wo sich die Schritte vereinen, kann *das im Schritt* beruhigt sein.

Ich sah einen Mann, dem die dünne Haut auf seiner Schläfe platzte wie alter Firnis auf Gemälden. Er betupfte das wunde Craquelé mit seinem Taschentuch. Aber die blutigen Bruchlinien verlängerten, verzweigten sich, die Risse liefen über die Wange und schließlich über das ganze Gesicht. Das alte Antlitz riß unter dem Druck des Voraussehens, wie der Schlamm auf der ausgetrockneten Pfütze.

Die Welt kann immer nur *für einen* untergehen. Das absolute Entsetzen erwartet am Ende des Wegs nur den, der ihn alleine ging. Der Riß der letzten Illusion entläßt ein schmales Rinnsal Blut, das aus dem Mundwinkel tropft. Am Schauen zerbrach das Gesicht.

Bernd und Bäumin

Der Bankkunde ließ das Sparbuch fallen, der Heimkehrer ließ die Koffer fallen, die Fieberkranke die Tablettenröhre, der Tennisspieler den Schläger, der Läufer die Fackel, der Demonstrant das Transparent, der Politiker die Bevölkerungsstatistik, der Maler die Spritzpistole, der Angler die Rute, die Amme das Kind; in die Ecke gedrängt, ein jeder von seiner Bestimmung geschieden, im Nu einer Entmutigung, Ausfall der *Gott*stromversorgung, power cut im Großen Warenhaus; *Gesellschaft*, ein Notaggregat, längst überlastet; und die tüchtigen, alten Generatoren der *Liebe* reiben sich auf …

Aus der Ulme lebt eine Frau, draußen am Rande des Kirchfelds, und ihre schöne Gestalt, ihr üppiger Leib geht vom Nabel abwärts über in Baum.

«Da ist nun gar nichts zu machen», flüstert sie sanft und beugt sich ein wenig über den jungen Mann, der unten aufgesprungen ist auf ihren Stamm und wie ein Hirsch an ihrer Rinde nagt.

Noch vor kurzem gehörte unser Bernd zu jenen Bleichgesichtern unter den Naturschützern, die sich niemals außerhalb von massenhaften Straßenumzügen ergehen und sich nur im politischen Schilderwald wirklich erholen und geborgen fühlen. Nun aber hatte es ihn an einen leibhaftigen Baum verschlagen, und gleich war er in Liebe zu der stattlichen Ulmfrau entbrannt, oder sagen wir besser: gleich hatte er sie mit seiner städtischen, hastigen Begierde bedrängt. «Nein», antwortete also die Schöne vom Baum, «da ist nun wirklich nichts zu machen. Ich blühe in jedem Jahr und schlage aus mit frischem Grün. Ich spende Schatten und kostbaren Atemstoff, ich schütze vor Unwetter und Sturm, ich flüstere und ich stöhne, ich wiege mich und strecke mich, nur umarmen kann ich dich nicht. Sieh meine Schönheit und erwäge die Vorzüge, die ich dir biete: Dauer und Standfestigkeit, unverbrüchliche Treue und einen gesunden Lebensrhythmus. Mein Altern und meine Kahlheit brauchst du nicht zu fürchten, denn diese erlebst du in jedem Jahr, um doch im folgenden mich mit allen Reizen wieder jung zu finden und deine verliebten Sinne frisch erregt wie am ersten Tag. Du wirst also am Jahresende nicht erschrecken über die knorrige, komische, krächzende Alte, nicht wahr? Solange dein Leben währt und wenn du selbst schon ein Greis bist, werde ich immer wieder zu neuer Jugend erblühen an deiner Seite. Soviel zu den äußeren, natürlichen Eigenschaften meiner Person. Was nun die stilleren, zärtlichen Vorteile angeht, die unsere Liebe für dich bereithält, so sind sie gewiß unschätzbar und bei keinem anderen Wesen zu finden. Geduldig höre ich dir zu und lebhaft beteilige ich mich und antworte jederzeit, Sommer wie Winter. Ich schweige nicht, wenn du mich ansprichst, ich weiche nicht, wenn du meine Stütze brauchst, und ich singe für dich, wenn du nach Trost verlangst.»

«Hör auf!» rief da der Bernd, «du verführst mich, du versprichst mir die süßesten Liebesgaben, verdrehst mir den Kopf! Und doch willst du dich mir nicht fügen. Ich brauche eine Frau, eine Frau brauche ich! Keinen rohen Holzstumpf!» Dabei umschlang er noch fester den Stamm, versuchte ihn zu rütteln, zu biegen und zu erweichen. Doch er scheuerte sich nur die Wangen und die Hose auf.

«Dann such dir eine andere!» gab jetzt die Bäumin barsch und kühl zurück.

«Ich will aber dich! Ich weiß ja: sie haben dich alle gehabt. Der Bademeister, der Sparkassendirektor, der Stellwärter! Jeder hier in der näheren Umgebung hat einmal etwas mit dir gehabt. Selbst die fünf Söhne des Kantors brüsten sich damit, einer nach dem andern bei dir gewesen zu sein ... Nur mir verweigerst du dich!»

Da kam ein Zornesrauschen von oben, und die Baumfrau herrschte ihn an: «Du lügst! Wie kannst du es wagen, an meiner natürlichen Keuschheit zu zweifeln und mir den Ruf einer Straßendirne anzuhängen?!»

«Du bist aber eine!» schrie der verliebte Städter hinauf, außer sich vor Frevel und Unglück.

In diesem Augenblick schlug ein einziger gewaltiger Blitz aus dem schwarzen Wolkenhang, der über dem Feld stand, und er raste schneidbrennend durch den Ulmenleib, riß ihm einen mannshohen Spalt in den Schaft und ließ ein Feuer drinnen, das ihn hohl brannte. Davon aber sah der Bernd nichts mehr, denn der berstende Einschlag hatte ihn hoch durch die Luft gewirbelt, so daß er ein paar Meter entfernt auf dem Feld ohnmächtig liegenblieb.

Als er wieder zu sich kam, stand die späte Sonne am Abendhimmel, und vom finsteren, plötzlichen Wetter war nichts als die verkohlte Höhlung im Baum geblieben. Aber wie er nun ängstlich und verwirrt hinauf zu seiner Geliebten blickte, da sah er, daß ihre Augen feurig waren, daß sich ihr halber Leib stumm nach ihm verzehrte. Unwiderstehlich zog es ihn jetzt zu seiner Bäumin, und er schlich sich an ihren Stamm. Der Bruch dort war aber gerade so breit, daß er sich gebückt hineinzwängen konnte, und so stieg er, nicht ohne ein entsetztes Entzücken, in das rußige, aufgesperrte Holz. Oben ächzte nun die Bäumin, das Herz schlug ihr bis in die Wipfelspitzen, und ihr Leib zog sich von den tiefsten Wurzeln her unter Schaudern zusammen …

Vielleicht waren es nur wenige Zentimeter, um die sich das Holz verzog und sich der Spalt verschmälerte. Doch es genügte schon, und der eingekrochene, der gebückt einsitzende Bernd konnte sich nicht mehr rühren. Jede Anstrengung, aus dem Stamm wieder hervorzusteigen, mißlang; es war nichts mehr zu machen.

Nach einigen Monaten erst kamen die Forstarbeiter und machten sich daran, die Wunde am Baum mit großen

Eisenspangen zu klammern. Dabei entdeckten sie in der Höhlung des Stamms einen Stapel von Knochen, säuberlich geschichtet, jedoch in rätselhafter Anordnung – gerade so, als wäre der Tote zu einem höheren Muster zerfallen, als hätten seine Reste sich von selbst zu einem bedeutungsvollen und weiterweisenden Merkmal zusammengelegt.

Das war zuletzt nur noch die Küchenhilfe, die in einer Autobahnraststätte die Pappteller mit Currywurstresten vom Tisch sammelt und mit einem übelriechenden Spültuch die Resopalplatte abwischt, trauriges Ungeheuer, das mit schlurfenden Schritten und aufgelösten Haarsträhnen faul seinen Dienst bestellt, das man nicht einmal mit einem Trinkgeld bedenkt, ja das nicht einmal über den *Blick* eines trinkgeldgewohnten Geschöpfs verfügt … Eine Kreatur war sie, die armseligste und im Dumpfen aufsässigste, die sich nur denken läßt, eine, die du durch nichts abweisen und aufhalten kannst, die dir aufs Hotelzimmer folgt und sich weigert, es wieder zu verlassen, die sich wimmernd im Teppich einrollt, wenn du sie in äußerster Wut zu schlagen beginnst und die du schließlich unter Flüchen und Tritten aus dem Teppich hervorzerrst, mit beugender Faust im Nacken faßt, um schließlich ihre Stirn mehrmals und mit letzter Gewalt auf den Waschbeckenrand zu stoßen …

Es sieht aus wie zu Kleinstwohnungen gewandelte Abteile einer Damentoilette, wo sie hinter einer der verschlossenen Türen wartet, daß er kommt und daß er klopft. Die Tür ist keine Klotür, sondern eine Wohnungstür. Wohnen kann man dahinter nicht, nur Warten.

Er ist ein dicklicher kleiner Mann. Kommt, klopft und fragt ihren Namen. Wie immer keine Antwort. Er wendet sich zum Gehen. Da auf einmal ihre Stimme: Deine zähen Schritte, deine zähe Stimme, deine zähen Hände, dein zähes Herz. Er hört das und hört es nicht. Nach tausendfach vergeblichem Klopfen und vergeblichem Namenruf erreicht ihn die Einmaligkeit ihrer Antwort nicht. Oder er faßt sie nicht. Die Gewohnheit, nicht gehört und nicht beantwortet zu sein, ist so stark, daß er ihre einmaligen Worte nicht hört oder glaubt, sie selbst ersonnen zu haben. Er geht die Treppe hinauf wie immer. Der Hauswart sagt: Gehen Sie nicht. Der kleine dickliche Mann bleibt stehen, lauscht, nichts wiederholt sich. Aber das «Gehen Sie nicht» des Hauswarts hat ihn erreicht! Er wird also nicht von innen beredet. Er steigt wieder hinab, klopft und fragt ihren Namen. Nichts. Kein Wort. Jetzt erst wird ihm gewiß, daß es tatsächlich eine Einmaligkeit gab und daß er sie vor lauter Gewohnheit überhörte.

Werden Sie wiederkommen? fragt der Wart.

Aber ja. Eines Tages werde ich nicht vergeblich geklopft haben. Und wenn mir eine Tote die Tür öffnet!

Wie soll das gehen?

Das Einmalige, mein Guter, steht über den Gesetzen der Wahrscheinlichkeit.

Dieser Mann geht genauso stumm und kompakt neben seiner neuen Frau, wie er jahrelang stumm neben der vorherigen ging. Er spricht nur noch, wenn sich vor ihm eine große Schar Gäste auftut und er sich in Szene setzen kann. Seine Energie, sein Wissen, seine Intelligenz werden von einem einzelnen Menschen nicht geweckt. Er braucht den Platz, die Bühne und die Versammlung. Er ist jemand, der nicht mehr intim sein kann. Ein einzelner Mensch, das bedeutet: etwas Unhandliches gerät ihm zwischen die Hände. Er weiß nicht, wie er ihn anfassen soll, er wird ungeschickt.

Abgekürzt hieß es das «Human Average Project». Die Verbesserung des Durchschnitts war ein gesellschaftspolitisches Anliegen der vordringlichen Art, da in verhältnismäßig kurzer Zeit die Geburtenrate von Hoch- und Höchstbegabten beängstigend zunahm, Kreaturen, die sich allesamt schnell verzehrten und früh vergreisten.

Unter anderem gab es Hoffnung, der Sache auf pharmakologischem Wege Herr zu werden. Nachdem das aussichtsreichste Präparat die Zulassungshürden genommen hatte und auf dem Markt erhältlich war, zeigte sich, leider erst nach Ablauf einiger Jahre, ein unglücklicher Nebeneffekt. Nicht jedem, doch einer Vielzahl von Patienten wuchs bei zunächst erfolgreichem Begabungsschwund eine primitive Strohpuppe aus der Hüfte. In der Hüfte gabelten sich Durchschnittsmensch und Strohwisch. Chirurgen bekamen viel zu tun und mußten den Auswuchs so schnittsauber trennen, als wären es siamesische Zwillinge. Daraufhin erreichten die Betreffenden sehr schnell wieder ihr altes beängstigendes Niveau, verfielen aber auch wie zuvor sehr schnell. Einige Experten blieben starrsinnig der Überzeugung, daß das Stroh aus der Hüfte, wen stört das schon, ohne jeden Zweifel die Begabung der Höchstbegabten nivelliert und ihr Leben verlängert hätte.

Manchmal ein Anflug von schönen späten Tagen. Das Alter geborgen in kulturellem Alter. Man entschlüpft dem Kokon der subjektiven Erinnerung – wer weiß, wozu man sich am Ende noch entpuppen wird! – und fliegt durch ein größeres Gedächtnis.

Das moderne Alter versucht sich dagegen in peinlicher Selbstverleugnung und findet keinen höheren Wert als beibehaltene Jugendlichkeit. Es täte besser daran, angesichts des Abgrunds an Jahren, die heute manchem Betagten noch bevorstehen, rechtzeitig aus der Tiefe der Kulturen den Schatz zu heben, den einst der gesellschaftliche Vorrang des Alters anhäufte. Er steht jedermann zur freien Verfügung. Damit wäre die längst fällige Umwertung der Generationswerte eingeleitet, und sie würde sich gegen eine erschöpfte Jugendkultur ohne weiteres durchsetzen. Die virilisierten Greise könnten ihre alberne Kostümage ablegen und sich mit den königlichen Insignien des wahren und unverfälschten Alters ausstatten. Denn alles, was in der Kultur überlebte, besitzt vorbildliches Alter.

Die ausgemergelte Blondine und ihr entbehrendes Gesicht. Von Sorgen hart, offen und furchtlos. Das kranke Kind, der verschwundene Mann, die zehrende Armut. Die tiefe Hast um nichts als zu überleben. Immer etwas anpacken, um nicht abzutrudeln, nicht gleichgültig zu werden. Sich keine Sekunde einmal gehenlassen, denn damit würde das Sinken beginnen, unaufhaltsam. Ganz dünn ist die Haut und unter ihr nur Hast.

An allem ist der Staat schuld, der Staat hat sie auf dem Gewissen. Wegen Körperverletzung drei Monate auf Bewährung. Auf dem Friedhof mußte sie Laub kehren – und lehnte ab. Ich weiß ja nicht, was da unter dem Boden ist, auf dem ich kehre. Da ist ja immer jemand unter mir, ich kann das nicht, ich störe die Totenruhe. Die kommen nachts rüber in die Wohnung und machen mich fertig. Der faule Vater mit der Baseballkappe sitzt den ganzen Tag auf dem Sofa und sagt: Ich steh dir mit Rat und Tat zur

Seite. Die Sonne ausgesperrt, die Vorhänge dichtgemacht, um mittags die Serie im TV zu sehen. Zweimal die Woche kommt eine Kiezwissenschaftlerin und führt Interviews mit ihr. Nein, sie würden sich nicht als Unterschicht bezeichnen, sie sind nur vorübergehend etwas klamm. Ich denke nie an morgen, sagt die Spindeldürre und gibt das restliche Geld des Monats aus, das sie vorher umständlich vom Sozialamt erbettelt hat. Vater und Tochter rauchen Kette in der Zweizimmerwohnung. Von Dummheit kann hier keine Rede sein, es ist vielmehr ein blockiertes Gefühl für sich selbst, das blockierend auch auf andere Regungen wirkt. Blockiert wird vor allem die Verzweiflung. Nichts stört die kalte Berechnung der Vorteilsbeschaffung, die man benötigt, um von der Hand in den Mund zu leben.

Haltungen, Einstellungen. Vorlieben, Überzeugungen – alles Hampeleien, Möchtegerniaden. Der ganze Bierdekkelturm stürzt zusammen. Da ich wieder mal eine kleine Klugheit von mir geben wollte, kam sie mir mit ihrem «neuesten Informationsstand» dazwischen. Ich wies sie zurecht und sagte, sie kenne sich zweifellos aus und wisse dennoch nichts. Sie möge sich ruhig einmal anhören, was ein gänzlich Uninformierter zur Welt zu sagen habe.

Arzt, Mann, Vater – alle drei außer Dienst. Er hat sich eingemietet in einem Hotel am Bodensee, zwei Zimmer mit Blick, ohne Bücher, ohne persönliches Inventar. Bilder von Frau und Sohn auf dem Schreibtisch. Sie waren flüchtig. Er hatte die Ehe überlebt. Sich selbst auch. Morgens wird ihm das Frühstück aufs Zimmer gebracht. Zu abend ißt er im Speisesaal. Worte werden nur mit dem Personal gewechselt. Er bemüht sich, niemanden mit seinem Redebedürfnis zu belästigen, das ihn manchmal befällt wie früher die Liebesgier. Immerhin gibt es den Laptop. Um sich neue Stützstrümpfe zu bestellen, Unterwäsche, eine Konzertkarte für München samt Bahnticket. Laptop und Drucker. Aber die Träume – daß Gott ihn über den Klippenrand drängt! Die vollkommene Tilgung seines Namens. Um gänzlich und für immer vergessen zu werden. Als er noch mit Frau und Sohn war, besaß er seinen Namen noch.

Eines Tages, wenn der virtuelle Spuk wieder von der Erde gewichen ist, wird es einen Heißhunger nach anfaßbaren Menschen geben, einen unbezähmbaren Anfaßdrang.

Rien n'aura eu lieu, hatte jemand in sein Online-Poesiealbum geschrieben. Es soll ein berühmter Ausspruch des Dichters Mallarmé sein. Nichts wird stattgefunden haben.

Aber wer war es, der sagte: Eines kann auch der Allmächtige nicht: etwas Geschehenes ungeschehen machen?

Wenn ich sterbe, stirbt mir alles. Doch kann es auch geschehen, daß mir alles stirbt, solange ich noch lebe. Das Befremden, das große Verwundern – Du mit deinen abnehmenden Gesäßballen, stell bloß das Wünschen ein! Pflege dich, halte dich gerade und bleibe ungeliebt! Da ist übrigens noch dein Kopf, vergiß das nicht, auch wenn du von ihm oft nur die Haare spürst, die sich vor barem Entsetzen sträuben. Mach ihn zu deinem einzigen, äußersten Laster! Und ab und an ein Blick auf deine einst recht liebevollen Hände. Weiß mit braunen Flecken wie ihr Sommerkleid.

Aber niemand zum Anfassen da! Seine Frau nicht, sein Sohn nicht. Obwohl er einige Reste von ihnen aus dem Netz, den Speichern, den Redeecken kramte. Aber er zog sie nicht wirklich herbei, erwischte sie nie in dieser weltweiten Unterwelt, um sie heraufzuziehen, obwohl er unentwegt voll Ansprache zu ihnen war. Nein, sie wollten ihn nicht hören, sie waren seiner überdrüssig. Dabei hätte er so viel Besseres zu sagen gewußt als in den früheren Jahren. Jetzt erst hätte er etwas zu sagen gehabt, jetzt hätte sich eine Unterhaltung mit ihm wirklich gelohnt.

Er war einfach sitzen geblieben. Seit dem Abbruch seiner Studien, wie er es nannte, seit nun bald zwanzig Jahren lebte er bei einem Freund, der längst sein Freund nicht mehr war. Anfangs, als sie gemeinsam die Hochschule verlassen hatten, waren sie zu viert in der großen Wohnung. Sven, der Architekt, und dessen Frau sowie er selbst mit Elsa, seiner Jugendliebe, die sich in dieser Wohnung das Leben genommen hatte. Danach war er in das kleinste Zimmer, die ehemalige Mädchenkammer, gezogen, nicht nur weil ihm aus Geldmangel nichts anderes übrigblieb, sondern auch weil er das Zimmer, das er zusammen mit Elsa bewohnt hatte, nicht für sich allein behalten wollte. Es war jetzt das Gästezimmer, nichts erinnerte mehr daran, daß es einmal ihr Raum gewesen war, in dem das Unglück geschah, in dem sein früheres Leben zu Ende gegangen war.

Es war ihm manches fehlgeschlagen. Als Baugeschichtler gelang ihm die erhoffte akademische Karriere nicht. Irgendwann hatte er jeden Ehrgeiz verloren, ging schon auf die Mitte Vierzig zu und lebte von Hilfsarbeiten, die er sporadisch für Denkmalspfleger oder Stadtplaner ausführte.

Sven Breuer, inzwischen Senatsbeamter, lebte mit einer neuen, jüngeren Frau und teilte mit ihr die Wohnung neu auf, modernisierte und renovierte gründlich, auch die Kammer des Untermieters, nur ihn selbst ließ man unbehelligt. Die Hauptmieter verließen jeden Morgen gegen acht das Haus und kehrten gewöhnlich nicht vor dem späteren Abend zurück. Die beiden Männer trafen sich nur noch im Vorübergehen auf dem Flur, hatten kaum ein persönliches Wort füreinander, allenfalls gab es irgendeine sachliche Regelung zu treffen. Jörg Helty wohnte nun neben dem Freund wie in einer Pension, er litt unter der wachsenden Entfernung und Entfremdung innerhalb derselben Mauern, in denen sie einst so ganz anders zusammengelebt hatten! Er konnte sich nicht erklären, weshalb er von den beiden überhaupt noch in der Wohnung geduldet wurde. Vielleicht nahmen sie, nicht ohne ihn heimlich zum Teufel zu wünschen, Rücksicht auf seine Armut, vielleicht waren es sentimentale Gründe, die Sven daran hinderten, den schon ziemlich abgedrängten Mitbewohner ganz hinauszuweisen.

Für zwei Stunden am Nachmittag zwischen vier und sechs rückte er den Stuhl in den Flur, dicht neben die Wohnungstür. Treppensteigen hören! Die Zeit, da sich nach und nach alle Mieter und Untermieter, Frauen, Männer, Kinder allmählich im Haus einfanden, zurückkehrten zum Abendbrot und zum Vorabendprogramm im Fernsehen. Es ging ihm nicht um ein neugieriges Lauschen an der Tür, es ging darum, mit vielerlei Stiegenschritten fertig zu werden. Die Wahrnehmung immer wieder auf die Individualität einzuschärfen, die Unverwechselbarkeit jeder Schrittfolge, jeglicher Schrittart, die Wahrnehmung täglich zu üben, hellhörig und messerscharf die Unterscheidungen zu treffen, nicht nachzulassen ... Es durfte nie wieder dazu kommen, wie schon einmal geschehen, daß er die Kontrolle über die subtile Wahrnehmung verlor und Menschen in einer furchtbar ungesonderten All-Schritt-Lawine die Treppe hinunterstürzen hörte. Die Unterscheidungsmerkmale bimsen! Jedem schon unten im Angang des Hausflurs das passende Stockwerk, die richtige Tür zuweisen! Und ihm bis dahin ein wachsamer, vertrauter Wegbegleiter sein.

«Wo findet sich an ihr eine letzte Spur jener Bosheit, die ihr widerfuhr? Wo verbirgt sie, was dieser Mann einmal an ihr verdammte, hassenswert und widerwärtig fand? Wäre es denn möglich, einmal derart verachtet worden zu sein und nicht die geringste Narbe davongetragen zu haben? Nein! Sie trägt's ja noch in sich, nirgendwo liegt er verschüttet, der Teil ihres Wesens, der sie imstande sein ließ ... Ich kann es je länger, um so weniger ertragen, daß sie zu einem früheren Zeitpunkt ihres Lebens das willenlose Geschöpf, die Hörige, die Sklavin eines hergelaufenen Möchtegern-Genies war. Ich könnte es hingegen leicht ertragen, nein, es würde mir sogar eine heimliche Genugtuung verschaffen, wenn sie es gewesen wäre, die mit einem nichtswürdigen Kerl gespielt, mit seiner Liebe Schindluder getrieben hätte. Jedoch umgekehrt ... und umgekehrt ist es leider tatsächlich gewesen. Ich habe es selbst mit ansehen müssen, der Zufall wollte es, daß ich meine Frau zum ersten Mal sah, als sie von einem anderen mißhandelt wurde. Etliche Jahre bevor wir uns kennenlernten, wurde ich zufällig Zeuge ihrer haltlosen Unterwerfungssucht gegenüber diesem räudigen Bastard von Künstler, dem sie sich an den Hals geschmissen hatte und der sie durchaus nicht haben wollte, sondern sie in seiner betrunkenen Wut quer durch den Wirtshaussaal schleuderte. Ein Vieh, zu dem sie mit blutendem Mund aufblickte wie zu einem Halbgott und zu dem sie immer wieder hinkroch, um sich an seine Beine zu klammern ... O hätte ich das niemals gesehen! Wäre ich niemals Zeuge dieser ihrer schlimmsten Erniedrigung geworden! Gewiß, ich habe die Macht dieses Schubjacks längst gebrochen. Ich bin davon überzeugt, daß sie heute so gut wie keine Erinnerung mehr an ihn besitzt, aber dieses Wesensteil, [...], dies kleine grauenvolle So-Sein, das ihr die lallende, obszöne Kriecherei erlaubte, es befindet sich weiter in ihr, es lebt mit uns, wenn auch auf das geschickteste verborgen, und ich werde mein Lebtag eifersüchtig sein auf diesen Wüstling, den sie anbetete und der in den Stunden und Tagen, da sie seine ungeliebte Kreatur war, eine bei weitem größere Macht über sie besaß als ich je in den vierzehn Jahren unserer wohlregierten, gerechten Partnerschaft ...!»

Dem Gott der Nichtigkeiten

Ich beobachtete die Traurigkeit des Jungen, der neben mir im Bus saß. Wir fuhren überland von Gera nach Remagen. Er sah aus dem Fenster, und die Tränen rannen gleichmäßig aus offenen Augen. Oft blickte ich unter mich, damit er sich nicht belästigt fühlte, obgleich ich gerne an ihm vorbeigesehen und am Wechsel der Landschaften teilgenommen hätte. Später, kurz vor der Ankunft, verließ ich meinen Platz und begab mich zu den Eltern, um ihnen von meinen Eindrücken zu erzählen. Sie saßen ein paar Reihen hinter uns. Die Mutter beugte sich vor und folgte meinen Worten aufmerksam. Der Vater (auf dem Platz zum Gang), nahm die Brille ab und hörte ebenfalls stumm zu, als ich von der anhaltenden Traurigkeit seines kleinen Sohns berichtete, die ich während der gesamten Reise beobachtet hatte. Beide hörten zu, als wüßten sie wohl Bescheid und seien lediglich an dem Urteil und der Art der Beobachtungen interessiert, die ein Fremder ihnen mitteilte. Ja, sie wußten Bescheid, doch sie erklärten mir nichts! Ich mußte zunächst den Eindruck gewinnen, daß sie von mir zum ersten Mal etwas Genaueres über die Traurigkeit des Sohns erfuhren. Sie lauschten indes meinen Worten ohne jeden Kommentar und schienen sie im stillen mit allen möglichen Beobachtungen abzustimmen, die andere Fremde schon dem auffälligen Verhalten ihres Kindes gewidmet und ihnen mitgeteilt hatten. Sie sammelten, wie mir schien, die verschiedensten Facetten der Wirkung, die der Junge auf andere hatte. So nahm ihr Zuhören für mich mehr und mehr den Charakter eines stillen, saugenden Aushorchens an. Zum Schluß, den ich lange hinauszögerte, indem ich mich immer unsicherer wiederholte und meine anfänglichen Beobachtungen bis zur Unkenntlichkeit variierte, zum Schluß, nachdem ich mich endlich in heillose Beobachtungswidersprüche verstrickt hatte, bedankten sich die Eltern höflich für meine *aufschlußreichen Mitteilungen.*

Beschämt kehrte ich zu meinem Platz im Bus zurück. Der Junge hob seinen Kopf, seine Wangen waren tränennaß, doch er lächelte schwach, als hätte ihn unterdessen irgend etwas zu trösten vermocht.

Gut Zehl auf Zehl bot eine möblierte Wohnung für zwei Monate, ich mietete mich ein bei der Gutsherrin, doch die vorigen Bewohner kehrten von Zeit zu Zeit in die Räume zurück und gingen dort ihren alltäglichen Verrichtungen nach, ohne auf mich zu achten. Ich mied jeden Zwist und gewöhnte mich daran, daß ich in den beiden ineinander übergehenden Zimmern häufig jemandem aus dem Weg gehen mußte, weil er ihn für sich beanspruchte. Ich hatte mich schließlich unter eine Stehlampe an einen kleinen Tisch im Erker zurückgezogen und erledigte dort meine Aktenarbeit, während das Leben meiner Mitbewohner in denselben Räumen so weiterging, als sei ich nicht anwesend. Es waren zwei Frauen und drei Männer, die sich unablässig mit irgendwelchen Einrichtungsgegenständen beschäftigten. Ihre Vorfreude auf den Erwerb, ihr Kauffieber, ihre helle Aufregung bei der Erwähnung eines Möbels legten eine Art Bann um sie, und es war mir nicht möglich, nur einen einzigen von ihnen anzusprechen, ohne daß er, kaum hatte ich das Wort an ihn gerichtet, sich erhob und einen anderen Mitbewohner im Nebenzimmer beim Namen rief … «Käthe!» oder «Ludwig!», denn es fiel ihm im selben Moment, da ich mich an ihn wandte, irgend etwas ein, es fiel ihm immer etwas ein, das er einem anderen aus der Schar noch mitzuteilen hatte oder noch einmal zu erwähnen oder zu bekräftigen sich gezwungen sah.

Der Alltag meiner Mitbewohner oder der wiedergängerischen Mieter der beiden Zimmer zog derart hermetisch und unbeirrbar an mir vorbei, daß ich zuweilen an meiner eigenen körperlichen Anwesenheit zweifelte. Vielleicht gab es zwischen ihnen und mir eine durchsichtige Zeitmauer und ich selbst war nichts anderes mehr als der Geist eines Voyeurs, ein noch reizbares, aber unpersönliches Abstraktum, das seinen Namen und sein Gesicht verloren hatte. Ludwig Käthe *Gilda* Ortwin Stefan, so riefen sie einander in unentwegtem Wechsel und waren die rücksichtslosesten und entrücktesten Menschen, denen ich jemals begegnet bin. Sie waren wie besessen von ihrer Gemeinschaft und bildeten ein einheitlich fünfköpfiges Lebewesen, das sich von anderen gewöhnlichen Gruppenkörpern unterschied. Sie waren zu fünft, sie waren fünftig in allem, sie waren *pentatrop*, und sonst waren sie nichts.

In der Welt der Entstellten lebte ein alter Mann, Ureinwohner einer Parterre-Wohnung, und vegetierte dahin bei geschlossenem Rollo. Er wälzte sich im Müll und schmierte Reste seiner Frau, die halb verwest auf seinem Sofa lag, an Tür und Wände. Knapp bedeckt mit seiner Schmutzwäsche lag sie da, Fingerabdrücke vom Leichenmus klebten auch am Rand der Badewanne, die ein Hügel von altem

Werkzeug füllte, Hämmer, Sägen. Zangen. Unter seiner Gesichtshaut kroch ein blauer Wurm in seiner Wange, kroch langsam zur Schläfe, zum Auge hin. Einmal öffnete der Alte um einen Spalt das Rollo, eine glühende Sonne stürzte sich auf ihn und all den Dreck und vermehrte den Gestank. Dann leckte er an einer alten Dose, worin nur faule Katzennahrung war, die er verschlang und sich dabei am Dosendeckel die Zunge schlitzte. Es war zur Weihnachtszeit, und ein Polyesterchristbaum stand auf einem Abfallhügel. Er war geschmückt mit ausgedrückten Tuben, vertrockneten Kosmetika der Frau und anderen krummen Utensilien. Die hingen an den Zweigen anstelle von bunten Kugeln.

Die Welt der Entstellten hatte gegen sich die Welt der Schönheitsfanatiker. Es herrschte dort eine Art Schönheitsdespotie, die mit dem harmlosen Schick unserer Designerwelt nicht zu vergleichen war. Kulte, Spiele, Rechte, Tänze, Zuchtprogramme – alles neu und exklusiv, der Menge unzugänglich. Neue Blicke, neue Gesten, neue Höflichkeit. Die Schönheitseiferer zerlegten alles, Geschäfte, Alltag, Liebe in lauter kleine originelle Riten und Figuren.

Ein junger Anhänger dieser formbesessenen Kulte verliebte sich aber in eine Entstellte und begab sich in ihre Welt. Dort ekelte es ihn auf Schritt und Tritt, er fror immerzu, er mußte sich dauernd erbrechen, es gab nichts, woran er nicht klebenblieb. Er hätte am liebsten in einem einzigen Amoklauf aufgeräumt unter den scheußlichen Rattenmenschen. Er fand aber eine Gebärde an seiner Erwählten, die schöner war als alles, was er von zu Hause an gezüchteten Zeichen und Winken kannte. Er versuchte sie zu erlösen. Er wollte sie entführen in seine feine Diktatur, in der kein Diktator, sondern an seiner Stelle die Macht der Schönheit selber herrschte. Doch erlag er schließlich ihrem Drängen: Kein Aufschub, mein Herz! Du liebst mich in der Pfütze, das Haar verklebt mit Currysauce, nicht erst drüben gewaschen und veredelt. Was folgt, ist schnell erzählt ... das Ende ist schon da! Er wurde eins mit ihr – zur Unzeit, verfrüht, am falschen Ort. Der Ekel schüttelt ihn, Schubumkehr der Leidenschaft, beide stürzen ab, das Eins zerschellt, in blutigen Fetzen regnet's auf die Wege der Geschiedenen.

Allein geblieben, alt geworden machte sie sich auf, ihre früheren Liebhaber zu besuchen, die alle kurz darauf starben. Zum Schluß kam der liebste von allen dran, und sie stattet auch ihm ihren Besuch ab.

«Wieso sterben die, wenn du sie besucht hast?» fragte er, und ängstlich fügte er hinzu: «Ich war dir ja, glaube ich, nie ganz so nah –»

«Zufall», sagte sie und zuckte die Schultern.

«Wir sind uns, wenn ich mich recht erinnere, nie ganz so nahe gekommen, als daß mir jetzt Gefahr drohte?»

«Ich wollte dich nur für ein paar Minuten wiedersehen.»

«Aufs Ganze gesehen, statistisch –», wollte er ausholen. Doch sie unterbrach: «Der reine Zufall.»

«Ob du nun der reine Zufall bist oder eine Totenwählerin, die ihre Männer aus dem alten Schlachtfeld hebt, es läuft aufs gleiche hinaus: Vernichtung. Das Ende einhauchen.»

«Aber ich tue doch gar nichts. Ich kann doch nichts dafür!»

«Du willst uns überleben. Das ist dein eiserner Lebenswille, und es ist der Geist der Rache, der ihn so stark macht.»

«Ich wollte dir nur einmal kurz guten Tag sagen, aber es ist wohl schiefgegangen.»

In diesem Augenblick gab sie ihm, ein wenig beleidigt, rasch einen Abschiedskuß auf die Wange, ehe er sie abwehren konnte.

«Um Gottes willen!» flüsterte er und wurde kreideweiß. Da war sie auch schon aus der Tür.

Am Nebentisch sitzen zwei Ehepaare sich gegenüber, alle im gleichen Alter, etwa um die fünfzig. Die beiden Frauen reichlich breit und beide Träger großer, sehr großer Brillen. Das eine Paar ist deutsch, das andere kommt aus Dänemark. Eine Ferienbekanntschaft vom vergangenen Jahr, herzliche Nachbarschaft in Caravans, am Ende Adressentausch, überschwengliche Einladung, auf ein Wiedersehen unbedingt, und dies nun erschreckend wahrgemacht, die Dänen sind da, allerdings nur auf der Durchreise in den Süden. Man duzt sich, doch die Blicke bleiben unsicher, vor allem bei den Dänen, die sich nach diesem letzten Sommer in Bornholm die freudlose Sachlichkeit nicht recht zu deuten wissen, welche die Deutschen jetzt bei Heimvorteil, in ihrer eigenen Stadt und außerhalb des Urlaubs an den Tag legen. Die reden ausschließlich über sich selber und bauen lauter Standpunkte wie eine Festung um sich auf. Der Mann lobt die Familie. Das sei das beste, was man haben könne auf der Welt. Alles übrige werde ihm zusehends egal, abfällige Handbewegung. Der Däne hört angestrengt zu und sagt, die Augen unbewegt auf den entfernten Bekannten gerichtet: «Ja ... ja ... ja», etwas zu oft, leise und lieber ein Ja zuviel, als durch Nachfragen zu riskieren, daß dem anderen der Rede- und Geduldsfaden reißt, denn wie schnell wird doch ein jeder bös, wenn er sich wiederholen muß. Die Dänen müssen Lambrusco trinken. Lambrusco schmeckt wie Kirschwein, sagen die Deutschen, in der Absicht, die Nordländer an den italienischen Geschmack heranzuführen. Überhaupt klingt alles was sie sagen, je langsamer und deutlicher sie es aussprechen, um so überheblicher und belehrender. Gerade da, wo der Wille der Deutschen zur Verständigung ein ganz unerbittlicher ist, entmündigen sie die Ausländer unwillkürlich; und indem sie die eigene Sprache immer behelfsmäßiger, plumper, fehlerhafter verwenden müssen, werden ihnen die Gäste auch immer lästiger, so daß sie zu ihnen bald nicht anders als zu unwissenden Kindern oder Schwachsinnigen sprechen und sie letzten Endes auch für solche halten. Kein Wunder also, daß die Dänen fortwährend schüchterner und unsicherer werden. Hinzu kommt, daß den Deutschen das Zuhören, das ja eine gewisse ergebene Haltung erfordert, schwerfällt und sie nur sehr nachlässig, wenn nicht unwillig dazu bereit sind. Dennoch, die dänische Frau, die das Deutsche am wenigsten beherrscht, will unbedingt etwas erzählen. Da ist aber inzwischen das Essen gekommen, Minestrone, und sorgt für eine den Deutschen willkommene Ablenkung voneinander. Der Dänin aber erschwert es die Konzentration. Sie sieht nur einmal flüchtig auf den vor ihr abgesetzten Teller, schiebt zerstreut den Löffel unter die Serviette und hält an ihrer stockenden Rede fest. Jedes Wort, kaum ist es heraus, da zweifelt sie es wieder an. «Die Bahn … kam – kam?» «Ja, die Bahn kam», versichert sie der Deutsche, knapp, rüde, abgewandt und nimmt dabei seiner Frau die Schale mit Parmesan aus der Hand. «Die Bahn kam südlinks äh – südlicks von …» Nach kürzester Zeit verliert die Deutsche, die unmittelbar angesprochene, jede Beherrschung und stellt das Zuhören unverzüglich ein. Sie langt in die Minestrone, kein Blick mehr für die Dänin, die sie rücksichtslos hängenläßt, um nun selber sich in fließender Rede zu baden, zu schwärmen von Minestrone, von Pizzeria Giovanni, von der Gemüsesuppe, die sie manchmal auch zu Hause selber macht, und richtet sich dabei immer seitwärts an ihren Mann, wo Heim und gleiche Sprache sind. Der aufgestützte Arm der Dänin mit der offenen untermalenden Hand bleibt lange, seltsam lange und vergessen stehen in der Luft, traurige Ruine einer untergegangenen Erzählung, und sie blickt nun ebenfalls, ohne jedoch eigentlich Hilfe zu erwarten, zu ihrem Mann, der Minestrone ißt und sie nicht beachtet. Er scheint seinerseits seit längerem etwas vorzubereiten, das er demnächst auf deutsch zu sagen gedenkt. Kurz wechseln die beiden ein paar Worte auf dänisch. Es klingt auf einmal so verwandelt und geheilt, so artistisch rege, daß die Deutschen neugierig von ihren Tellern aufblicken. Dann wendet sich der Däne an den deutschen Mann und sagt: «Die Suppe ist gut.» Als gemeinsame Meinung von ihm und seiner Frau. Vorsichtig und leise fügt er hinzu: «Der Wein ist sehr süß.»

Dasitzen in einem Sessel der Requisite mit übereinandergeschlagenen Knien, das geschminkte Gesicht durch einen breiten Hut gegen die Sonnenstrahlen abgedeckt, ein Filmstar sein in aller Ruhe, sagen wir: es ist ein weltberühmter Mann und streckt sich aus, ergibt sich jenem unvergleichlichen Verweilen, das rein von Tun und Willen ist, der pure Aufenthalt, währenddessen die Techniker von allen Seiten die nächste Einstellung vorbereiten und auszuleuchten haben. Es ist nicht abzusehen, wie lange es noch dauert. Dasitzen als geistige Lebensform und aus dem Sturen, dem Leeren das Wesen des vorzustellenden Helden in sich heraufziehen lassen, die eigene Weltberühmtheit darüber nicht vergessend!

Dorfbewohner, Komparsen für einen Tag, kommen und gaffen. Sie sehen: er ist wirklich hier, ist ganz bei sich. Wie unergründlich erscheint so ein Weltstar, der, schon in Kostüm und Maske, abseits, einsam, sinnend wie wir alle, fast zum Greifen nah in einem Sessel ausruht und der doch nie, an keinem Ort der Erde je ein alltäglicher Mensch sein kann. Allein der Hut und die abgetönte Brille gehören nicht zur Rolle des italienischen Arbeiterführers, den er verkörpern wird. Sein Blick nimmt die Neugierigen knapp und ungerührt und senkt sich wieder. Aus diesem Teil seiner selbst, wie er gesehen und angeträumt wird, kann er nicht mehr viel empfangen. Erscheinung und Bewußtsein, Wahrzeichen und wahrer Kern sind in diesem Manne eins und eine Macht.

Er zieht sich Hosen an, er wechselt Geld auf Airportbanken und zeigt und weiß es, ohne darauf zu achten, daß dies dieselben Hände tun, die Millionen sich merkten, als sie ein Dynamitpaket umklammerten oder groß und schutzgebietend auf einem nackten Frauenrücken lagen. Er ist sich längst der Eine. Der Ruhm hat alle Spaltungen gefügt, unter denen die Kleineren und ständig Strebenden der Schauspielkunst noch leiden. Er ist darüber etwas dumm geworden, dümmer als er es in seinen Anfängen war, doch diese Dummheit ist vor allem: ein In-sich-ruhen-Können und dieses Können stärkt die Einheit von Gesicht und Wesen, kommt der klaren Ausstrahlung zugute wie Möhrenessen dem sauberen Teint. Dieser Mann ist nun kein Schauspieler mehr, er spielt ja nicht, er muß erscheinen können. Wie die Kleistsche Marionette hat er seinen Schwerpunkt aufgefunden, hat Unschuld angesetzt im Lauf des Ruhms, eine dicke Kruste Herrlichkeit, auf die seine Produzenten sich verlassen können, von der die Wünsche der Welt noch länger zehren werden.

Er selbst erscheint sich nicht. Begriffe des Narziß, Eitelkeit und Selbstbespiegelung wären auf dieser Höhe der Erscheinung sehr gefährlich, Anzeichen von Schwäche und Nervosität, die ihn um Kopf und Fassung bringen, die ihn stürzen könnten. Wer sich selbst (nur allein in stillen Vorführräumen) in solcher Fremde, wie sie seine Breitwandfilme zeigen, leben und bestehen sah, der wird sich nicht in kleinen Badespiegeln wiederfinden. Er ist keiner von den klugen Spielern, keiner dieser nervösen Realisten des neuen Hollywood, kein rascher Könner, kein Artist, alles nicht, was neuerdings als Alltagsheldenwicht Karriere macht. Er ist der verläßliche Statist des eigenen Mythenbilds; er ist einer der letzten, aus Mensch geformten Ikonen des Kino-Zeitalters.

Der passive Zuschauer-Zeitgenosse entwickelt offenbar ein gesteigertes Bedürfnis, mit heimlichem Gesinnungswechsel beschäftigt zu werden. Gestern noch schlägt sein Herz für den gefaßten, geduckten, gedemütigten Kindsmörder, weil er, natürlich im Fernsehen, sah, wie dieser von den Umstehenden vor dem Gerichtsgebäude auf gemeine Weise beschimpft und besudelt wurde. Heute schlägt sein Herz gegen einen anderen, noch nicht gefaßten Mörder, der die Familie eines Bankdirektors mitsamt den Kindern abgestochen hat. Durch die Überfülle von Identifikationsangeboten müßte er, wäre er noch das Individuum vom alten Schlag, längst spaltungsirre, durch die haltlose Verschleuderung seiner Mitgefühle an die gegensätzlichsten Parteien müßte er längst abgestumpft und gefühllos geworden sein. Doch ist er eben kein Individuum vom alten Schlag mehr. Dem Leichtsinn der passiven Emotionen entspricht die rücksichtslose, durch keine Sitte, keinen äußeren Zwang mehr beschränkte Ambivalenzen-Herrschaft des Herzens selbst. So kommt es, daß einer sogar seine engsten Freunde und Nächsten unablässig den widersprüchlichsten Bewertungen aussetzt und in seinen intimsten Urteilen weder Disziplin noch Beständigkeit erkennen läßt. Ja, man darf die paradoxe Behauptung anschließen, daß es gegenwärtig fast unmöglich ist, eine Bindung lebendig zu erhalten, ohne sich – möglichst offen, möglichst direkt – seinen Gefühlsschwankungen hinzugeben, sich ihrer bewußt zu sein und sich dadurch bis an den Rand der Erdrosselung in ihnen zu verstricken. Das Gefühlsleben ist jetzt der absolute Regent unserer sozialen und persönlichen Bindungen; höchstwahrscheinlich wird es in dieser Rolle überfordert und seinen eigenen Bankrott betreiben.

Neben der Neuronenherrschaft ist es die autonome Macht der Sekrete, der Enzyme und Hormone, die dem Ich seine Verfassung diktieren. Hemmung und Erregung, Unterdrückung und Freisetzung sind die ständigen Wechselbefehle, mit denen unsere Leibeschemie nicht nur die Regelkreise des Organismus kontrolliert, sondern auch die stabile Beschränkung festlegt, dank derer wir einen winzigen Ausschnitt aus dem physikalischen All, eine Luke nur, zu unserem Welt-Bild modifizieren. Ein Tröpflein Erregung zuviel und wir werden ins Chaos geschleudert; ein Tröpflein Hemmung zuviel und wir ersticken an Beständigkeit und Ordnungswahn ... Dies alles – und es muß hier der kurze Anreißer genügen, um das beängstigende Abenteuer der Selbstbegegnung vorzustellen, zu dem der menschliche Verstand aufgebrochen ist –, dieser Umsturz der Gewißheiten sollte denn einen jungen Autor, der sich sonst als fleißiger Zeitgenosse beweist, gänzlich unberührt lassen? Müßte es ihn nicht in ebenso tiefe Unruhe versetzen wie einst den Dichter Kleist die Lektüre Kants? Muß nicht ein erkenntniskritischer Zusammenbruch, ein Weltbildsturz gleichsam als Initiation der glaubwürdigen schöpferischen Tat vorausgehen?

Nun, sagen die einen, wenn es das Einzige gibt, so wird es auch zu finden sein. Der Beginn der Welt, der in ihr versteckt wurde und den niemand fand bis heute. Die erste Billionstelsekunde im Ursprung der Schöpfung. Dann plötzlich wäre das Ganze – das All wäre erkannt.

Aber dieser Schluß bestünde nur noch aus grenzenloser Schönheit, aus einer sich selbst vergötternden Harmonie.

Peinlich sind nicht die Gemeinplätze, mit denen gewöhnlich die Menschen ihre Empfindungen und Gedanken ausdrücken, peinlich ist es, wenn jemand seine tieferen Einsichten, die er unter ganz bestimmten Umständen, vielleicht in Anwesenheit und im unverwechselbaren Angesicht eines anderen einmal gewonnen hat, kassiert, zu dem Seinen zählt und unterschiedslos vor beliebigem Publikum wörtlich wiederholt. Peinlich sind die Klischees der Erkenntnis, mit der so viele Wissenschaftler und Geistesarbeiter ihre Geschäfte machen. Wie oft umgibt diese klugen Einsichten, denen man in Zeitschriften, Büchern und Vortragssälen begegnet, eine merkliche Kruste der Austrocknung, die sich auf ihrer langen Entfernung von der Quelle der Eingebung gebildet hat!

Wer oft vielen dasselbe mitzuteilen hat, der besitzt seine Einsichten als Wertsachen, als kommunikationsgeprüfte geistige Fertigteile, Standardbemerkungen, eine Handvoll obstinater Ideen, kleine körnige Begierderückstände.

Das Universum der Einbefaßtheit: ein Hundertstel Kubikmillimeter genetisches Material genügt, um die 10^{16} Bit alles niedergeschriebenen menschlichen Wissens zu speichern.* Das ist der rationale Rest des Heiligen Schauders: mit unvorstellbaren Größenordnungen zu spielen.

«Ah, Sie wählen die Vergleiche und Metaphern noch brav aus alter Werkleute Zeit.»

Viele gängige Metaphern, die bildkräftig sind – der Prägestock, Kette und Schuß, Hammer und Amboß –, stammen aus einer technisch längst vergangenen Welt, ja, sie sind insgeheim wohl sogar Metaphern, Übertragungen, Bezüglichkeiten von einst zu heute. Wer mag schon einen Chip zum Gleichnis nehmen? Und doch gehörte es sich.

Wir fänden in der technischen Sphäre, die uns alle umgibt, einen Nachschub interessanter sinnfälliger Vergleiche, eine Schatztruhe der Metaphorik für alle gebräuchlichen sachlichen, seelischen, politischen Vorkommnisse, Ereig-

* Wolf D. Keidel, *Biokybernetik des Menschen*, Darmstadt 1989

nis-Ketten. Aber wir benutzen mit Vorliebe Bildvergleiche aus der handwerklich-bäurischen Welt. Die gängigen Metaphern der Umgangssprache beziehen sich überwiegend auf etwas, das aus gegenwärtigem Umgang längst entschwunden ist: eine Schatztruhe zum Beispiel. Es ist, als benötige die Sprache (anders als das moderne Leben) ein gewisses Maß an Anachronismen und Überlieferungsbestandteilen, um ihre Konventionen zu sichern. Es bleibt beim Vergleich mit dem Mühlrad, auch wenn dieses schon seit Generationen außer Schwung und Betrieb ist. Vielleicht ist Vergleichen ursprünglich so sehr ans Dingliche, Sächliche gebunden, daß es in einer handlosen Arbeitswelt nun gar keine Entsprechung mehr findet und daher hilflos-trotzig an einer Sprache der dinglichen Altertümer festhält, wobei hier vom Unzeitgemäßen zum Komischen oft nur ein kleiner Schritt führt.

Nur Sprache selbst kann auf eine sinnliche, partikuläre, nicht-historische Weise Vergangenheit, Zeitenstaub enthalten, Sprache, die ihrer Herkunft nach eine aus Werken gebrochene Sprache ist, also eine aus erhöhtem Bewußtsein hervorgegangene, die neues erhöhtes Bewußtsein schafft. Dies macht vielleicht den tieferen Sinn von Muttersprache aus. In einer fremden trägt einen die Eigenerinnerung der Sprache nicht.

So ergeht es dem Idioten, der zugleich zum hemmungslosen Psychologen wird, einem Experten des Argwohns, der für schier alles ein Ohr hat. Dem jede Richtung die seine werden könnte. Der Boulevard wie die Klause, die Sentimentalität wie der Sarkasmus, das Machtwort wie das Schlagwort. Der daher keinerlei Fassung besitzt, sondern allerorten nur Identifizierplätze vorfindet, auf denen er sofort zum Appell antritt.

Nach einem Streit lief sie allein durch die Felder, auf dem Plattenweg von Gölßen zum Wald hin. Sie trug einen langen Stoffmantel, den Schal um den Scheitel geschlungen, eine eher städtische Winterfrau. Auf einmal drehte sie sich um und entdeckte auf dem abzweigenden Feldweg weit hinter sich, beinah einen Kilometer zurück, eine männliche Gestalt, die ihren Weg ging, mich.

In ihrer Erregung hielt sie mich sofort für ihren Mann, von dem sie nach einem Zerwürfnis davongelaufen war. Sie sah ihn, ohne zu zweifeln, seinerseits untröstlich durch die Felder rennen, verstört wegen der ungewohnt bösen Worte, die zwischen ihnen gewechselt worden waren.

Auf der Stelle kehrte sie um, lief, eilte zurück, rief mich über das Feld mit seinem Namen. Ich ging ungerührt weiter. Sie nahm es für ein Zeichen der tiefen Kränkung, die sie ihrem Mann zugefügt hatte. Eine Art Reuekoller ergriff sie, ihr Gesicht war von Tränen überschwemmt. Sie wollte, sie mußte mich umarmen und mich bis zuletzt verkennen. Nun wandte ich mich um, da stand sie verwirrt und erstarrte. Stammelte etwas von einem Versehen.

«Wohnen Sie hier im Dorf?» fragte ich überflüssigerweise. «Hier in Gölßen?»

«Ja. Wir sind erst vor kurzem hierhergezogen. Mein Mann hat drüben im Forst sein Jagdrevier. Von Bielefeld nach Gölßen ins Barnimer Land. Wissen Sie, was das bedeutet!? Ich habe Sie für meinen Mann gehalten. Wir sind zu Haus ins Streiten gekommen. Ich bin aus dem Haus gerannt, und als ich dort in der leeren Landschaft jemanden gehen sah, dachte ich, es kann nur mein Mann sein, der es wie ich zu Hause nicht mehr aushielt.»

«Ich sehe ihm wohl ähnlich», fragte ich mit gespielter Unwissenheit.

«Nur von der Größe, nur von fern. Aus der Nähe dann nicht mehr. Ich war besessen von dem Bild, daß er da allein durch die Felder rennt, ich *wollte* ihn sehen, und deshalb bin ich auf Sie zugerannt, um mich ... bei ihm zu entschuldigen –»

Sie brach ab und sah unschlüssig zu Boden.

«Tun Sie es. Sie müssen es loswerden, was Ihnen auf der Zunge brennt. Es wird Sie erleichtern. Sagen Sie es *mir*.»

Mit einem einzigen mutigen Augenaufschlag sah sie mich an, so daß ich niemand anderes als ihr Mann sein konnte.

«Ich bitte dich um Entschuldigung. Ich habe böse Worte gebraucht, um dich zu kränken. Du mußt mir glauben, daß das nur ein kleiner, winziger Bruchteil meiner Gefühle für dich ist, alles andere an mir bleibt für immer an dich gebunden.»

Und ich antwortete ihr: «Auch ich bitte dich um Verzeihung. Denn ich habe dich ja in die Lage gebracht, daß du dich so boshaft wehren mußtest. Für mich ist nun alles vorüber. Du bist für mich der Inbegriff von Anmut und Herzlichkeit. Es ist, als wäre zwischen uns ein dunkler Vorhang aufgezogen, und ich stehe endlich vor der, die ich wirklich liebe.»

Ihre Hände umgriffen meinen Nacken, wir küßten uns und gingen schnell auseinander.

Es war da eine, die er nur flüchtig gestreift hatte, und schon blieben ihre Hände aneinander hängen, verfalteten sich, und sie rannten sofort los, gerieten in ein sich überstürzendes Planen, der Entwurf einer großen Umarmung entstand, immer im Laufschritt die Straße entlang.

«Und als erstes gehen wir auf eine weite Reise.» ... «Wir werden uns umarmen, wie sich noch nie zwei Menschen umarmten.»

Ihre Begeisterung steigerte sich beim Ausmalen einer wunderbaren Lebenserneuerung, im Vorgefühl einer erschütternden Liebesbegegnung, von der sie sich nicht scheuten, intimste Einzelheiten auszurufen und zu preisen – und manchmal riefen sie einander zu: «Halte das fest!» ... «Merken wir uns das.»

Aus ihren Herzen stieg, ihrem Mund entströmte eine Kaskade von Aussichten. Sie rauschte über sie hernieder und schien sich beständig aus der gemeinsamen Begeisterung zu erneuern. Doch plötzlich ließ das Kommende oder unmittelbar Bevorstehende nach, das Planen und Entwerfen geriet ins Tröpfeln, Nachschub blieb aus. Ihre zum Greifen nahe Zukunft zog sich zurück, ebenso schnell, wie sie vorgesprungen war, alles verrann im dünnen Sand der Gegenwart, die, am Ende der Laufschritte, nichts anderes zuließ, als daß sie sich immer noch fest bei der Hand hielten.

«Ebenso ergeht es dem Erotiker in seinen späteren Jahren», antwortete ich, und wir wichen einander sinnierend aus. «Auch einem Mann, der den Tod seiner Sinnlichkeit überlebt, geht das alte Bewußtsein nicht verloren! Wie lebendig begraben steckt es in den Knochen, verzweifelt klopft es gegen die erstickende Begrenzung!»

Der Mister Minit in einem Münchner Kaufhaus, ein schmächtiges, dunkles Männlein aus dem Rheinland, einer, den es am Rand der Gesellschaft umtreibt und der jenen Burschen ähnlich sieht, die einst auf der Kirmes unsere Auto-Scooter-Fahrten überwachten und die uns immer schroff behandelten, weil sie nämlich keinen Sinn für Kinder hatten und sich an unserem Vergnügen niemals erfreuten, und ein nicht kinderlieber Mensch ist in den Augen des Kindes immer ein Asozialer, ein Krimineller, meist waren es ja auch entlassene Strafgefangene genauso wie dieser Mister Minit hier, der vielleicht erst im Knast das Schusterhandwerk erlernt hat. Ein kleines Namensschild bestell ich bei ihm, für nur «kurzfristig». «So? Nur kurzfristig?» fragt er aufgeräumt, «auch immer auf Achse woll?» Da tritt ein älterer Mann an die Schuh-Bar. Im Nu verschwindet das schiefe brüderliche Lächeln; Argwohn und Scheu, plötzliche Verstumpfung im Blick des Mister Minit; unwillkürliche Angst vor Schlägen. Der Mann scheint einfach seinem Typ nach einer von denen zu sein, die immer seine Verfolger waren, die ihn immer unter irgendeinen Verdacht nahmen. Vielleicht gleicht er aber auch einem, der ihn mal verpfiffen hat oder gar einem Opfer des vormaligen Straftäters Mister Minit. Jedenfalls durchfuhr ihn irgend etwas beim Anblick dieses Kunden und er wird äußerst zurückhaltend, ohne jede leutselige Bemerkung bedient. Ganz anders ergeht es kurz darauf einer Dame, die um besonders sorgfältige Erneuerung ihrer Absätze bittet; hier stellt er sich in eigner Sache vor: «Sorgfältig klar. Die hätten mich ja sonst nicht von Norddeutschland geholt, die Arbeit hier muß sauber sein, sonst wer i fuchsteufelsnarrisch.» Nicht nur das bayerische Fluchen hat er mit seinem Heimatdialekt verpfropft, überhaupt trägt der dünnhäutige Außenseiter, der Wanderer aus Schwäche einen Überwurf von Schutzmustern, ein Schuppengewand von Formeln und angepaßten Gesinnungsteilen, und all seine furchtsame Gesprächigkeit ist nichts als eine vorbeugende Maßnahme gegen Verdächte, die man gegen den Schweigenden und einfach nur so Aussehenden erheben könnte. «Ich muß auf meinen guten Ruf aufpassen», fügt er hinzu und kennt darin keine Ironie. Ein Lehrjunge ruft im Vorbeigehen herüber, ob er mal wieder einen ‹leeren Karton› brauche. «Ja immer», ruft der Schuhmacher zurück, gutgelaunt, immer männlich-vergnügt, wenn einer auf sein Laster, seine eigentliche Potenz, das Trinken nämlich, eine Anspielung macht. Er schmunzelt und duzt mich gesellig: «Weißt du, was ein ‹leerer Karton› bedeutet? Eine Kiste mit noch einer Flasche Bier drin.» Später kommt der dicke Lehrbub mit Punkknopf im Ohr noch einmal und fragt, ob Mister Minit, der unterernährte Trinker, ihm nicht seine Stiefel reparieren könne. Er solle sie nur bringen, antwortet dieser, na klar, mach ich. Der Junge: er müsse dazu aber eine Gasmaske aufziehen. Der Trinker: «Da hab ich einen Spray, ist alles nicht so schlimm. Du: und wenn du die Stiefel abholst und mein Kollege ist da, sagst, es ist schon bezahlt, hätt zwanzig Mark gekostet.» «Alles klar.» So hat der Schmächtige seine Außenseiter-Intelligenz blitzschnell gebraucht, hat den Lehrjungen wissen lassen, welchen Wert seine umsonst erstattete Arbeit eigentlich besitzt, zwanzig

Mark, Index für die entsprechende Menge an ‹leeren Kartons› oder für eine andere Gegenleistung, die ihm nun frei wäre. Das kam ohne Schmunzeln, Zögern – instinktrein.

Die Macht der von mir unberührten Frauen! ruft er aus. Niemals, mein Lieber, kannst du dir ausdenken, welche Macht die von mir unberührten Frauen über mich haben! ... Der Schauder, der mich vor diesem Götzen eines fremden, kraftvollen Körpers ergreift, das Chaos von Weck- und Betäubungsstoffen in meinem Hirn, wenn die Unbekannte naht ... wenn ich ihre Haut rieche ...! Ihre Unberührbarkeit-für-mich macht mich rasend.

Es ist die Geschichte deiner Kollegin Marisa Blech, deren Namen dir bekannt sein dürfte. Sie stand noch vor sechs, acht Jahren in gutem Ansehen, zuweilen im Vordergrund. Eine verrückt begabte Einzelgängerin. Bis sie sich eines Tages in einen geistreichen jungen Mann verliebte, der ihr sein intellektuelles Geleit antrug. Er näherte sich ihr höflich in der Hülle des brillanten Kenners, des charmanten Analytikers ihrer Arbeit. Sie hing an seinen Lippen, seine Worte waren sublimierte Küsse. Er wußte genau, wann der richtige Zeitpunkt gekommen war, seinen Körper zu-

zuschalten. Der Geist mußte erst alle Vorarbeit der Täuschung und Verklärung geleistet haben, damit die Schwächen der anderen Sache nicht sofort auffielen. Aber Marisa war nicht mehr die Jüngste und die Illusion, ihre späte Liebe möchte vielleicht ihre größte werden, war so umfassend, daß sie die Hülle des devoten Liebhabers, in die der häßliche junge Mann geschlüpft war, nicht zu durchschauen vermochte. Hin und wieder aber ließ er diese Hülle fallen und stand dann in seiner dürren Akademiker-Blöße vor ihr: ein Mensch, der jede ihrer Rollen erbarmungslos auseinandernahm und eitler Kritik unterzog. Bald war er nur noch der kleine Zersetzer an ihrer Seite. Zwar ein Großmaul und ein Rigorist in allen Theaterfragen, aber in Wirklichkeit eine armselige Universitätslusche, jemand, der es in seinem Fach, der Anglistik, nicht einmal zum wissenschaftlichen Assistenten gebracht hatte und nun seinen ganzen Ehrgeiz daransetzte, der unnachsichtigste Kritiker seiner älteren Geliebten zu sein. Wäre es nach ihm gegangen, so hätte sie die Schauspielkunst von Grund auf neu erlernen müssen. Der Zersetzer ihres Talents, das war er. Du meinst, sie hätte sich doch gegen ihn zur Wehr setzen können? Aber davon war sie weit entfernt. Sie glaubte ihm aufs Wort, und das um so heftiger und blinder, als er ihr häufig den sexuellen Gefallen verweigerte, weil sie auf der Bühne wieder einmal *zu schlecht* gewesen sei. Bald wußte sie dort kaum mehr einen Fuß vor den anderen zu setzen. Sie legte sich mit den Regisseuren an, wiederholte ihnen, was der Zersetzer ihr vorgesagt hatte, und schließlich kritisierte sie mit seinen Worten an anderen Kollegen herum. Niemand wollte mehr mit ihr arbeiten. Drei Abgesandte des Theaters kamen, um den Zersetzer zur Rede zu stellen. Kurzerhand übernahm er die Rede und jagte sie aus der Wohnung.

Alles änderte sich, als Marisa schließlich ihren Beruf aufgab. Aufgeben *mußte,* nicht zuletzt, weil sie niemand mehr engagieren wollte. Der Zersetzer wurde krank. Wie der Schmarotzer mit dem Wirt stirbt, den er erwürgt, verließen ihn die Kräfte, da es nichts mehr zu kritisieren gab, denn Marisa trat nirgendwo mehr auf. Er wurde ernstlich krank und zog sich zurück. Marisa aber verkümmerte still vor sich hin, sie hatten sich nichts mehr zu sagen. Einmal noch machte er den Versuch einer Rückkehr. Er hatte infolge einer Stoffwechselerkrankung verfrüht greisenhafte Züge angenommen. Nun versuchte er Marisa, wie er sich anmaßte: in der Maske des alten Swift, mit skatologischen Spöttereien zuerst zu erschrecken und dann für seine Abseitigkeiten zu gewinnen. Aber der Auftritt blieb wirkungs- und folgenlos.

Sie war müde und wollte nicht mehr. Der armselige Akademiker hatte seine gesamte Bosheit an ihr erschöpft und war inzwischen gesundheitlich nicht mehr in der Lage, sich ein neues Opfer zu suchen. Marisa weiß bis heute nicht, was es eigentlich mit ihr und diesem Burschen auf sich hatte. «Er hatte sich richtig in mich verbissen, dieser Hundsmensch», sagte sie kürzlich, über sein weiteres Schicksal wußte sie nichts.

Und manchmal, wenn sie sich bückt und die Schnürsenkel lockern will, hört sie eine Stimme ganz in ihrer Nähe, doch aus einem Versteck, die sagt zu ihr: *Laß das!* Wenn sie sich die Nase geschneuzt hat und das Papiertaschentuch wegwerfen will: *Laß das!* Oder wenn sie kurz an einer Tür horcht, bevor sie anklopft: *Laß das!* Wenn sie sich aber herumdreht, um etwas zu erwidern, heißt es von irgendwo: *Murre nicht!*

«Er hat mich angehackt wie ein Specht. Er hat in meine Haut, die Hülle, die ich nun mal brauche, um mich zu zeigen auf der Bühne, ein tiefes dunkles schwarzes Loch gehackt.»

Und dann sah er seine Gefährtin drüben, in der Silhouette einer ausgefallenen Schmerzensfigur. Nackt stand sie und reglos im Ausschreiten, die *Kopfhochfrau*. In den Schädel am rasierten Hinterkopf war ihr ein Haken gebohrt, in den Steißknochen über dem Hintern ein zweiter. Ein dünnes Stahlseil verband beide Haken und riß ihren Kopf unabänderlich aufwärts.

Nach dem Himmel schnappte ihr großer Mund, und ihre offenen Blinker waren trockenstarr vor Bilderdurst. Einmal hob sie die Arme und stöhnte vor Schmerzen. Bitten und Danken verwanden sich in derselben Faltung ihrer mageren Hände. Sie löste die Finger, und jetzt waren es nur noch erhobene Hände, die das Gesicht ihres Freundes zu betasten suchten. Sehnsucht ergriff sie nach ihrer alten Liebe. Sehnsucht, verdammte, überhaupt nach den wenigen, verläßlichen Altertümern des Herzens.

Ein Mann mißhandelt seine Frau. Du hörst, die nackten Glieder mit ihren Mulden klatschen gegen eine Wand von Kacheln im Baderaum. Er schüttelt sie an beiden Schultern, so wie man aus einem uralten Kofferradio noch Töne herauszuwackeln sucht. Er wirft sie im Zimmer umher, die Knochen, von Haut und Fleisch gedämpft, poltern gegen die Kacheln. Siehst du: er schlägt sie, doch sie fällt nicht um. Sie fällt nicht und schweigt. Sie hält sich aufrecht an der Wand, den Rücken ihm zugekehrt. Langsam zieht sie, an den Kacheln entlang, von ihm weg, um ans Waschbekken zu kommen. Er reißt sie an der Schulter herum und stößt ihr die Faust ins Gesicht. Sie schwankt, aber sie fällt nicht. Sie sieht ihn an und steht, ihm zugewandt, wieder gerade. Ein brauner Prellfleck geht auf, verdunkelt das Auge wie die Sepiawolke den bedrohten Kraken. Wäßriger Rotz läuft aus beiden Nasenlöchern. Nun dreht sie sich wieder um, sie will ja zum Waschbecken. Ihren nackten Rücken vor sich, holt er mit beiden gefalteten Händen weit über den Kopf aus, als hielte er eine Axt, und schleudert die Hände abwärts, so daß sie gerade die zarten Buckel ihres Nackenwirbels treffen. Die Frau streckt, im Reflex, die Arme halbhoch ab, ähnlich wie einst der bleierne Tischfußballkicker, den man auf den Kopf tippte, das Bein vorstieß, und spreizt alle Finger so starr auseinander, daß ihr vom Ringfinger der Ring zu Boden springt. Dann fällt sie, schlägt mit Stirn und Unterarm am Wannenrand auf, bevor der magere Leib mit allen Ecken auf die Bodenkacheln prasselt. Im Sturz hat sie vom Wannenrand ein Stück Seife mitgerissen, es schliddert über die Steine. Die Frau, siehst du, richtet sich gleich wieder auf, läßt sich nicht gehen, und greift nach der Seife und legt sie benommen an Ort und Stelle zurück. Sie versucht aufzustehen, kippt jedoch wieder zu Boden. Da fällt auf einmal schnell eine kleine Menge heller, fast weißer Harn aus ihr heraus. Sie sieht sich das an und sieht, in ihrem eigentlichen Schicksal unterbrochen, trostlos verwundert zu ihrem Mann in die Höhe und in ihren Augen sammeln sich Tränen. Der Mann greift ihren Kopf und drückt ihn hinunter. Er wischt die Pfütze mit ihren Haaren vom Kachelboden auf. So geht es weiter, wird es niemals enden, der halbbekleidete Mann, die nackte Frau. Sich töten? Sich sprechen? Nicht nötig. Schon wenig später, schon bei der ersten wieder leisen Berührung ihrer Stirn, allein durch sein Handauflegen beginnt diese Frau, aus den Krümmungen der Folter heraus, mit der gleichmäßigen Wurmbewegung der Hingabe. Sie schlägt ihr Becken auf und nieder, röchelt, bäumt sich unter Handauflegen, ihre Augen gehen weit auf und ein Äderchen platzt, blutig wird der weiße Augapfel und sie reißt sich selbst an den Haaren, sabbelt aus dem Mund. Jetzt ist sie auf eine Höhe ihrer selbst gelangt, da sie alles fräße, was man ihr in den

Mund steckte, da sie alles sein und zugleich verschlingen will, was das Menschenleben auf ein Mal hergibt: Mann und Frau, Kind und Greis, Macht und Strafe, Scheiße und Atem, erhöht und erniedrigt, gläubig und blasphemisch, Mörder und Opfer – alles gepaart, alles auf einmal, in einem einzigen, augenblicklichen, blutigen Reigen …

Es ist im übrigen dieselbe Frau, die am Morgen im Büro laut gelacht hat, als der Chef ihren Mann vor ihren Augen rüffelte, fertigmachte, ihn der Lächerlichkeit preisgab. Da lachte sie mit auf seiten des Chefs, der ihren Mann fortwährend mit Sportsfreund anredete und auch in ihren, dem Chef gehörenden Augen stand ihr Beherrscher plötzlich als der Dumme da. Sie lachte und lächelte noch, als der Chef längst nicht mehr ulkte, sondern mit Blicken tötete.

Aber auch jener Tag wird kommen, da sie allein darniederhockt, alleingeblieben an diesem Totenort, in dieser Kachelwüste, und dann sehen wir sie wild geworden mit den Fingernägeln an der verschlossenen Erde kratzen. Aber hier ist Tartarien. Hier kann man weder Grab noch Nahrung ausbuddeln. Tiefer geht es nicht runter als die zugekachelte Erde ist.

Der Mann über den Tresen gebeugt seines gemiedenen, unbesuchten Schießbudenstands, obgleich heute Besucherströme den Jahrmarkt verwöhnen. Nur er also, vor dem Hintergrund einer Wand voll bunter kleiner Luftballons. Er, der den Kopf senkt, zwischen den Schultern hängen läßt, scheint wie verwünscht, ein Umgangener zu sein – alle anderen Schießstände finden ihre Kunden. Jetzt tritt durch die Seitentür seine Gehilfin zu ihm, eine helle und freundliche Frau, die ihm nahesteht, die ihn versteht. Sie lehnt sich neben ihm über den Tresen, möchte mit ihrer warmen Seite trösten, aber sie rekelt sich nicht, sie schmiegt sich nicht an, sie achtet die Eingesunkenheit des Mannes, die etwas Unnahbares hat. Er nickt ein wenig mit dem Kopf, bestätigt sich seine Lage. So ist es nun. Und doch möchte sie ihn ihre Nähe *wissen* lassen, wenn er schon keinen Gefallen daran findet und nicht auf sie reagiert. So versucht sie, im Herzen ganz anders gelaunt, sich mit äußerlicher Anpassung seiner Traurigkeit zu gesellen und ihn gleichzeitig doch mit ihrer Nähe ein wenig umzustimmen. Ohne ihn zu bedrängen oder abzulenken. Sie legt nicht den Arm um seine Schulter, sie fährt ihm nicht mit der Hand durchs Haar. Sie gleicht nur ihre Pose der seinen an, indem sie sich stützt auf die überkreuzten Arme, den Kopf sinken läßt zwischen den Schultern. Doch sieht sie noch von unten hinaus in die Menge, blickt nach außen, ohne Lächeln, streng und ungefällig, verfolgt den sich mischenden, strudelnden Besucherstrom, und wie um nicht nachzugeben, drückt sie das rechte Knie durch, so daß sich der Gesäßballen ein wenig hebt und an seinen Hüftknochen rührt.

Da wurde der bleiche König hellhörig. Sein schwerer Leib sank lautlos zu Boden. Nun war es aus mit ihm. Gerade als hätte ihn die Jubelschar seiner Gäste in ihrer dichtesten Mitte zerdrückt, so kam er ums Leben. Die Menge, schon bereit, hinauszutreten auf die Terrasse und im Park den anbrechenden Morgen zu begrüßen, blickte sich um und sah einen, der sich zu Tode gefeiert hatte, starr auf den dunklen Bohlen liegen. Es war aber der König selbst und er lag auf breiten Schultern, die Augen standen zornmütig zur Dekke gerichtet. Blankes Entsetzen ergriff die berauschte Gemeinde, und alle, seine Geliebten, seine Gefolgsleute und Ratgeber wichen schweigend zurück; keiner wagte sich dem erstarrten Herrscher zu nähern. Die Königin stützte sich still an die Mauer, sie wandte sich ab und drückte den Sohn ängstlich an ihren Schoß.

Und wie nun der eben noch befehlsgewaltige, eben noch den geraubten Pokal der Gnade schwingende Gebieter hingefällt und reglos in der Halle lag, da war seinen Getreuen plötzlich alles verändert. Da riß es jedem den Schleier vom Auge, jedem die Bindung, die Achtung aus seiner Brust. Auf einmal war es ihr König nicht mehr, es lag dort ein blutiger Frevler, ein Mörder und Unheilstifter zu ihren Füßen. Den aber hatten sie nicht erkannt, solange er lebte, herrschte und handelte. Jetzt aber, seines obwaltenden Auges, seines mannhaften Handschlags, seiner großen Schritte und Worte verlustig, blickte sie nur noch das nackte, bleibende Böse an. Das alltägliche und graue Verbrechen, welches seine glänzende Inbrunst, sein stählerner Wille so lange umhüllt hatten, trat nun sichtbar wie ein Madengewimmel, ein Schwarm Ungeziefer aus dem Erblaßten hervor.

Kein Laut des Jammers und kein Gebet wollte sich erheben; es stockte die Träne und verlor sich die Andacht. Statt heißer Rührung ergriff die Höflinge eine eisige Furcht vor der Nachwelt. Jedermann drängte und wollte so schnell als möglich geduckt sich davonstehlen. Dem durch sein abruptes Schweigen, sein blindes Starren, sein regloses Liegen plötzlich entdeckten Unmenschen wollte keiner je Untertan gewesen sein. Denn der *König* in diesem Mann hatte den Sturz ins Leblose nicht überstanden. Der Tod hatte ihm nicht nur Blick und Atem genommen, er hatte ihm mit einem Schlag auch Ansehen und Andenken, ja sogar die Geschichte geraubt. So schob sich denn alles rückwärtig zum Ausgang des Saals hinaus auf die breite Terrasse und schnell die Rampe hinunter in den vormorgendlichen Palastgarten. [...]

Die Gesellschaft unterdessen draußen vor dem Saal, in den Hainen und auf der Empore schlang die freie Luft und hoffte, im Morgentau zu Nüchternheit, zu klaren Gedanken, zu besserem Gewissen zurückzufinden. Doch es wurde ihr nicht so bald wieder wohl. Eine dumpfe Betäubung hatte sie alle befallen und ließ bei niemandem nach. Der Tod des überaus Mächtigen strömte und streute eine gleichmäßige Benommenheit rings über das Land.

Nicht nur war es der kleinen übernächtigten Gefolgschaft des Königs versagt, über die letzte Schwelle ihres abgestandenen Rauschs hinwegzutreten, sondern auch das ganze übrige, um diese Stunde schlafende Volk fand nicht wieder in ein klares, freies Erwachen hinaus. Vielmehr wurde es innerhalb der Grenze eines leichten, andauernden Schlummers ständig zurückgehalten, so daß es von nun an sein übliches Tagwerk, sein Denken und Treiben halbwegs unbewußt fortsetzte. [...]

Noch immer hält uns sein Tod umschlungen und flößt uns Furcht und Atem ein. Wohl sind wir alle ebenbürtig Benommene und haben uns daher auch gleiche Rechte bewilligt, eine freie Verfassung gegeben; doch wie mag es um unsere wahre Freiheit bestellt sein, solange wir unter *seinem* allumfassenden Sauerstoffzelt, unter *seiner* pneumatischen Hülle dahinvegetieren?

Denn diese Gesellschaft ernährt sich vom Tod ihres größten Frevlers.

Sie war damals, lange bevor ich sie kennenlernte, Studentin der Betriebswirtschaft im siebten Semester. Wochenlang betrachtete sie forschend ihren gutmütigen Lehrer, der eine ermüdende Vorlesung über die Entscheidungstheorie im Versicherungswesen hielt.

«Er wird noch ein zweites Gesicht haben», sagte sie sich plötzlich, und von da an suchte sie unermüdlich danach. Sie ging dem Professor nach auf den Fluren der Hochschule, die einen alten Lysolgeruch verströmten, sie wollte sehen, in welches Zimmer er sich zurückzog. Irgendwann würde sie diese Tür aufreißen und ihn mit seinem *zweiten Gesicht* erwischen. Sie würde in die entzündeten Augen eines Wirrkopfs blicken. In die suchtbleiche Grimasse eines Menschen, der sich nächtelang dem Glücksspiel hingibt. In das schiefe Lächeln eines Lumpen, der für die Chinesen Industriespionage betreibt. Sich ältere Frauen von der Straße holt, um in ihren Schoß zu heulen. Und dabei lallt und greint wie ein Kleinkind. Der neugierigen Studentin blieben bei diesen Voraussichten die großen Pupillen stehen und winzige Äderchen platzten in ihrem weißen Augapfel.

Eines Tages riß sie wirklich, aus einem kalkulierten Versehen, die Tür zu seinem Büro auf, der Lehrer der Betriebswirtschaft blickte von seinem Joghurtbecher auf, aber er zeigte dasselbe gutmütige Gesicht wie in der Vorlesung. Er *muß* ein zweites Gesicht haben! dachte sie hartnäckig, und es ließ ihr keine Ruhe. Vorsichtig und doch zielstrebig bahnte sie sich einen Weg in die Privatsphäre ihres Lehrers. Ein Verhältnis mit ihm würde ihre Suche bedeutend abkürzen. Sie trafen sich, sie küßte ihn, sie schliefen miteinander und sie ließ dabei kein Auge von ihm. Aber es blieb das Gesicht, das sie kannte. Gewiß kommt das andere erst mit der Zeit zum Vorschein, sagte sie sich und heiratete ihn. Sie fuhr mit ihm an die beliebtesten Ferienstrände Europas, sie stürzte ihn in Schulden, sie stritten und trennten sich, sie betrog ihn und gestand es, sie wurde ernstlich krank, und er sorgte für sie – alles mit dem altbekannten gutmütigen Gesicht. Sie wußte aber, daß er ein zweites hatte, und gab nicht auf. Sie hatten keine Kinder. Der Ökonom wurde eines Tages emeritiert, und kurz darauf bezogen sie ein umgebautes Bauernhaus auf Sardinien. Jetzt gab es nur noch sie beide, keinen Beruf, keine Freunde, keine Ablenkungen: jetzt war es Zeit für das zweite Gesicht! Aber nach wenigen Wochen in ihrem neuen Domizil starb plötzlich der Mann. Als sie vom Markt zurückkam, fand sie ihn zusammengesackt in seinem Korbsessel. Gleich nach dem Entsetzen war ihr erster Gedanke: Nun hat er es also mit hinübergenommen … und alles war umsonst! Sie legte ihrer abgründigen Enttäuschung Zügel an und ging mit Fassung den Weg des Abschieds. Sie trat zu dem Aufgebahrten, hob das Tuch von seinem Gesicht, um ihn ein letztes Mal auf die Stirn zu küssen. Und jetzt, endlich, sah sie … sein zweites Gesicht! Im Schrecken des Todes war es klar hervorgetreten. Aber es trug weibliche Züge, und es waren die ihren.

Ein Kind hatte ihr auf der Straße einen Brief übergeben, mit einem schönen Gruß des Vaters, sagte es spitz, als wisse es genau, in welcher Angelegenheit es den Boten spielte. Der Brief, den sie nun öffnete, entließ einen Schwall von Verunglimpfungen über eine weibliche Person, die nicht sie sein konnte, das Kind hatte sich in der Adressatin getäuscht. Aber die Beleidigungen gingen ihr ein, als wären sie tatsächlich an sie gerichtet, denn sie trafen sie zu dem Zeitpunkt, da sie sich in einem besonders gereizten Verhältnis zu *ihm* befand und täglich einen solchen Brief der Abrechnung und der kleinlichsten Vorwürfe erwarten konnte. Jedes Wort, jedes Urteil und Fehlurteil in diesem nicht an sie gerichteten Brief hätte von ihm stammen können, von dem Mann, mit dem sie auf des Messers Schneide zu leben und dahinzugleiten gewohnt war. Lediglich ein paar äußere Umstände, Namen, Daten, Ortsangaben waren es, die nicht auf sie zutrafen, alles übrige, der eigentliche *Inhalt* des Briefs, seine ganze Ungeheuerlichkeit aber *war* an sie gerichtet. Ja, sie war überzeugt, daß er sogar das Medium eines nicht an sie gerichteten Schreibens nutzte, um sie zu verletzen. Wohl hatte er ihn nicht selbst geschrieben, aber im dunkelsten aller Zusammenhänge dennoch verursacht und ihr zugespielt. Jedenfalls schien es ihr jetzt undenkbar, mit einem Menschen, der sie so übel verleumdet hatte, je wieder ein Wort zu wechseln, nach diesen Zeilen war nichts mehr möglich, und einzig ein lebenslanges Stillschweigen konnte ihre Antwort sein.

Der heute siebenundachtzigjährige Regisseur Buch bezeichnete Freunden gegenüber nach wie vor den Kollegen Pasche als den Mörder seiner Frau. Außerdem habe Pasche, als er Intendant wurde, auf jede weitere Mitwirkung von Buch mit der Begründung verzichtet, dieser sei in seiner Jugend ein Nazi-Regisseur gewesen, obwohl seine Mutter als engagierte Sozialdemokratin monatelang im KZ gesessen habe. So habe Pasche einen regelrechten Vernichtungskrieg gegen ihn und seine Familie geführt. Seine Frau, Marianne Gröscher, die bereits vor seiner Ära als die erste Tragödin des Hauses gegolten habe, sei unter seinem Nachfolger systematisch mißachtet und niemals wieder mit einer größeren Rolle betraut worden.

Nach langen Jahren des Darbens wurde ihr dann aber ein großer Wunsch erfüllt. Sie durfte Winnie in «Glückliche Tage» – die Rolle ihres Lebens! – spielen. Allerdings einstudiert von einem Regieassistenten und im Zusammenhang mit einer dieser variablen Theater-Veranstaltungen, bei denen an verschiedenen Plätzen und Bühnen des Hauses gleichzeitig Aufführungen, Lesungen, öffentliche Proben, Diskussionen etc. stattfinden und die Zuschauer von einer Spielstätte zur anderen, von einem Ereignis zum nächsten pilgern.

So spielte Marianne Gröscher Winnie im Foyer, statt in der Erde war sie in einem Restauranttisch zur Hälfte begraben. Die Zuschauer zogen schmunzelnd an ihr vorbei, einige blieben stehen und hörten ihr eine Weile zu, andere nutzten die Gelegenheit, um am Tresen etwas zu trinken und sich laut zu unterhalten, die meisten promenierten zum nächsten und noch höher angesetzten Ereignis. Dieses verunglückte Comeback, diese Erniedrigung in ihrer

Lieblingsrolle, halb im Tisch begraben, Winnie vor lauter vorbeilaufenden Leuten! kränkte die würdige, seit Jahren zurückgesetzte Schauspielerin, dieses peinliche Nebenbei, in dem sie ihre ganze Kunst vorführte, verwand sie einfach nicht, so daß sie zur vierten Vorstellung nicht mehr erschien, sie hatte sich in der Nähe ihres Landhauses vor einen Güterzug geworfen.

Heute, da Buch mit Genugtuung hätte feststellen können, daß auch der Stern seines Gegners mittlerweile restlos verblaßt war, da beide sich in ihrer gemeinsamen Vergangenheit von Erfolg und Niederlage, von Theaterglück und -streit hätten versöhnen können, ist ihm nichts gegenwärtiger als der Verlust seiner Frau und der frühzeitige Abbruch seiner Regisseurskarriere.

Eine solch akute, fast fieberhafte innere Nähe des anderen muß über kurz oder lang zum Zufall einer Begegnung führen, die Buch, solange er mit Pasche in derselben Stadt lebte, immer zu vermeiden trachtete. Etwa, indem er niemals eine Theaterpremiere besuchte und zu keinem Anlaß erschien, bei dem sich namhafte Veteranen ein Stelldichein gaben.

Aber er besuchte regelmäßig ein kleines Café in der Stillen Straße, in einer Ladenpassage gelegen mit stets blankgescheuerten schwarzweiß karierten Bodenfliesen. Hier saß der Zeitungsleser Buch und ließ den Vormittag vergehen. Und eines Tages saß dort ein zweiter Zeitungsleser, der Todfeind Pasche.

Dem älteren Buch war es unmöglich, hinter seiner Zeitung hervorzuschauen, seine Hände zitterten und die Blätter schlackerten vernehmlich.

Pasche las ohne Wahrnehmung für Buch. Er rührte nebenbei in seinem Cappuccino. Buch hatte nicht ein einziges Mal hinsehen müssen, um die gesamte Erscheinung und jede Regung des anderen aufs schärfste und ständig vor Augen zu haben. Pasche nahm aus seinem Einkaufsbeutel ein Notizbuch und eine Fahrradleuchte. Er fuhr natürlich in seinen späten Siebzigern noch mit dem Fahrrad. Ein rüstiger Greis, und er notierte fleißig aus dem Feuilleton! Ein affiger Gernejung in Jeans und Lederjacke, immer noch mit dem Rad unterwegs und immer mit der Zeit, bloß keine Schwäche zeigen ... Ausgemergelt, aber immer noch schlaksig! Nur dies knochige Gesicht war hinter der dicken Hornbrille noch schmaler und papierhäutiger geworden. Keine Witterung für die Anwesenheit der Ära Buch, wie?! Niemals hatte Pasche es zu vergleichbarem Ruhm gebracht. Er war immer nur ein Pseudojakobiner gewesen, ein asketischer Reiniger, der die Köpfe rollen ließ, statt sie von innen zu erleuchten, ein Revolutionär des Geizes, kameralistisch übrigens ebenso wie ästhetisch!

Für Buch war jetzt die Gelegenheit gekommen, mit diesem Mann, dem er über so viele Jahre hin unaufhörlich den Prozeß gemacht hatte, in aller Kürze abzurechnen. Nachdem er die zahllosen Schuldsprüche, die er in seinem Herzen längst aufgesetzt hatte, noch einmal durchging, kam er gleichwohl zu dem Schluß, daß ein Wort genügen mußte, verbunden mit einer hübschen kleinen Verneigung, nur ein Wort, das wie ein Biß in seinen Nacken wäre.

Dem anderen würde ja zwangsläufig alles hochkommen, sobald er Buch vor sich erblickte, und in diesem geradezu intimen tête-à-tête des Wiedersehens würde er den Feind mit einem Wort ganz ruhig, fast sanft vernichten können. Er selbst, Buch, allein sein Anblick wäre ja das leiseste und gefährlichste Memento seiner ungesühnten Mordtat!

Buch erhob sich, nahm die zusammengerollte Zeitung fest in die rechte Hand, versuchte mit aller Kraft sein Zittern zu beherrschen, es durfte auf keinen Fall bis in seine Stimme vordringen.

Er trat an den Tisch des anderen und sagte leise, tatsächlich fast flüsternd, fast schmeichelnd: «Guten Tag, Herr Pasche.» Verbeugte sich leicht, als der andere aufblickte. Richtete die gerollte Zeitung in der rechten Hand auf wie ein Zepter. War überzeugt, daß sein Ton vollendet war und eine grausige Todesbedrohung ausgeströmt hatte. Entfernte sich so schnell er konnte, ohne auf irgendeine Reaktion zu warten.

Der andere sah ihm nach, legte die Zeitung beiseite und nahm sein Notizbuch, um die folgende Eintragung zu machen:

> Zum Zeitunglesen im Café. Ein älterer Herr trat an meinen Tisch und grüßte freundlich. Erkannte mich offenbar. Sprach mich mit Namen an. Seltsam wohltuend. Hätte nie geglaubt, daß man

sich darüber diebisch freuen kann. Vielleicht ein Verehrer aus der Schauspielhauszeit. Vielleicht auch nur ein Bühnenpförtner von damals. Egal. Ein Gruß mit meinem Namen dran ... Wieder ein schöner Tag!

Mann und Frau lagen sterbend beieinander. Nackt, flach auf Tierfellen ausgestreckt, beinahe eine Körperlänge Abstand zwischen ihnen. Kinn, Augen, obere Vorderzahnreihe standen gen Himmel. Sein rechter, ihr linker Unterarm ragte angewinkelt empor, beider Hand war nach innen geknickt, beider Daumen unter die übrigen Finger gezogen. So lagen sie sterbend mit derselben Geste einer unlösbaren Schüchternheit und Daseinsverlegenheit.

Er sah ihr schönes Gesicht, die schmale Brille hob die Augen wie eine Maske hervor, er ging an ihr vorüber und kehrte nach wenigen Schritten um. Er stellte sich neben sie und konnte es nicht erwarten, daß sie ihre an drei andere Menschen gerichteten Worte beendete. Er sagte leise, fast unter sich blickend: Darf ich Sie kennenlernen?

Sie wandte sich kurz von den anderen ab und vertröstete ihn, ohne ihr Gespräch aufzugeben: Ja. Einen Augenblick bitte.

Die nachbarliche Angelegenheit, in die sie verwickelt war, wurde nun aber so erschöpfend erörtert, daß es ihm bald zu lang wurde, betreten neben ihr zu stehen und auf das Kennenlernen zu warten. Ein wenig unwirsch wandte er sich ab und ging weiter, ohne daß sie davon Notiz nahm. Er hörte sie weiterhin heftig argumentieren. Es fiel ihr nicht ein, hinter ihm herzurufen und ihn zu bitten, sich noch einen Augenblick zu gedulden. Offensichtlich besaß sie nicht das geringste Gespür für die Folgen, die der Verzicht auf ein Kennenlernen für zwei Menschen haben kann.

Aber da gab es ja den Eroskiller, vernichtender noch als ihre brutalen Unkrautvertilger in der Landwirtschaft, nämlich die «Freikörperkultur» der DDR. Im wesentlichen ein Land mit grobem Sinnengeschmack, der leider den staatlichen Ruin unbeschadet überstand. Es fehlt hier jene Jugendzeit, die von der nachbürgerlichen Entwicklung erotischer Verfänglichkeit geprägt wurde. Stimmungen aus Filmen und Erzählungen, Rohmer, Kawabata, Antonioni haben uns im Westen ganz anders erzogen als jene, die unter dem Einfluß des erotischen Zynismus aufwuchsen, der letztlich arschbackenkneifenden Sinnenfreude der Brecht und Konsorten.

Die Greise, wo ihnen schon viel zu viel Freiheit gewährt wird, müssen einer Massenumerziehung zur Altersklugheit zugeführt werden. Prüflektüre Montaigne, Leopardi, Goethe. Platon, Schelling, Scheler. Sie sollen sich winden und krümmen. Streng verboten ist der Satz: das verstehe ich nicht. Keine Bildungsreisen, keine stopfende Medienkost, immer fleißig mit der Bleistiftspitze die Zeilen entlang.

Da saßen sie in einem großen Kreis um mich herum und fragten ihre Allerweltsfragen. «Was können Sie uns jungen Menschen mit auf den Weg geben?»

O Weg! O Geben! O Ich! Der nur abschüssige Strekken kennt. Was sage ich? Der von der Belanglosigkeit von *etwas Positivem* nicht nur überzeugt ist, sondern auch genügend Beweise für seine verderbliche Wirkung besitzt. Pädagogisch ist das «Positive» stets das Ende der Neugier, die endgültige Abkehr von den einsamen, steilen Pfaden der Erkundung. Nichts, was ich hörte von jungen Menschen, konnte mich je beeindrucken. Niemals habe ich die geringste Lust verspürt, sie zu belehren oder gegen sie zu argumentieren. Sie waren jung, sie hatten recht. Niemanden mochte ich in mein Dickicht ziehen. Ich rate wie ein in allem Wissen Minderjähriger in den Menschen herum, die mir eine Weile gegenüber sind. Undenkbar, ihnen zu raten. Die Abenteuer des Entdeckens – für mich beginnen sie gerade erst, *old men ought to be explorers*.

Mein Kind wird diese Tage selig erinnern, das heißt: zu *jenen Tagen* werden sie ihm dereinst. Dazu wird mir die Zeit nicht reichen. Außerdem ist nur das im Werden Erlebte verklärbar. Was man im Vergehen so mitnimmt, wie tief es auch reicht, unvergeßlich kann es vielleicht werden, aber niemals legendär. Weder mein erster Computer noch meine erste SMS werden die Grenze zu *illo tempore* überschreiten.

Deshalb ist das, was man im Alter an schönen Dingen erlebt oder tut, so roh und bloß: weil ihm die Aura später Erinnerung versagt bleibt. Und weil man das weiß. Jedes Lebensstadium ist wie eine Larve, der ein nacktes, hilfloses Wesen entschlüpft. Aus dem dichten Kokon von Schläue, Schmerzen, Wissen, Skepsis und Enttäuschung entpuppt sich am Ende: das neue Kind. Doch wird ihm die Zeit verwehrt, die es braucht, seiner Kindheit zu gedenken.

Und die Stadtplaner sagen: wir haben ja alles bereitet für das vergnügte Leben der Kinder auf der Straße. Verkehrsberuhigt ist sie, verengt auf Gassengröße, das Trottoir glatt zum Skaten, manche Zonen reserviert für Schlafwandler, nicht mal Radfahrer dürfen dort passieren. Es ist alles bereitet für das gefahrlos heitere Straßenleben, doch keiner kommt. Die Kinder kennen ja keine Straßenspiele mehr, und die Verliebten drücken sich nicht mehr in Hauseingängen herum. Kaum vierzehn, fahren sie nach Ibiza übers Wochenende. Die Menschen sind in ihren Vergnügungen tief unter das Niveau ihrer schönen Umwelt gesunken. Tausend Verlockungen in ihrer nächsten Umgebung, der baulichen wie der pflanzlichen Art, die sie kaum beachten. Die schöne Straße lebt! Aber die Menschen lassen ihr Leben nicht hinein!

Es treffen sich die Unverwüstlichen, Paare von unterschiedlichem Alter aus den gediegenen Akademikerkreisen, Montagabend in den Schlemmerstuben. Der Mann, der hier das Wort führt, am Tischende der Runde vorsitzt, ein Chirurg um die sechzig, zu Scherzen immerzu aufgelegt, faßt die junge Frau des Kollegen beim Arm, um sie zu ihrem Platz zu geleiten, drückt beiläufig an ihrem Oberarm in Brusthöhe herum, mit der anzüglichen körperlichen Bedrängung, die dem Kavalier alter Schule immer erlaubt ist, um dann wenig später mit der Kellnerin seine Späße zu machen, blinkender Goldzahn, nennt die servierte Kasserolle mit Mixed Grill einen Panzerkreuzer und bekommt sofort einen Frostbeschlag auf die Augen, wenn diese zufällig auf seine Frau treffen. Die Frau wirkt älter als er, sehr hager, schmales knochiges Gesicht, dicke Brille, das Inbild einer geistige Werte besitzenden Tochter aus evangelischem Pfarrhaushalt, holt die Lorgnette aus der Handtasche, um die Speisekarte zu studieren, bestellt nach einigem Zögern einen Rosé, gleichsam zum Zeichen, daß sie sich nicht entscheiden kann zwischen den Extremen, zwischen Rot und Weiß, Gut und Böse, Haß und Liebe, wählt den gemischten Mittelweg; blickt, da wenig oder gar nicht einbezogen in die von ihrem Mann beherrschte Unterhaltung, in einer sonderbar eckig-nervösen, immer die gleiche Bahn hüpfenden Ausschau schnell in eines der Gesichter ringsum, dann wieder vor sich hin auf den Tisch und geschwind wieder in ein Gesicht, zurück auf den Tisch und immer so fort, mit einem vogelhaften Staccato der Kopfbewegungen. Diese ausgemergelte Frau trat zu Anfang dem Kollegen Chemiker, der etwas kleiner ist als sie, beeilt entgegen und wählte den Typus der bedrängenden Begrüßung, bei der man mit aufwippendem Schritt sich sehr nah an den anderen Körper heranhebt, das freie Ausstrecken der Hand ganz vermeidet und die Hand des anderen bei flach anliegendem, abgewinkeltem Arm fast tapfer an sich, fast an die eigene Brust heranzieht. Neben ihr wartet die Tochter des Chemikers auf den gleichen Handschlag, hoch und schlaksig, Mitte zwanzig, von einer Schulter auf die andere tretend, im wadenlangen Kostümrock, plumper genoppter Tweed, große tropfenförmige Brillengläser, im Juni das Assessorexamen der ‹Jurisprudenz›, wie der Vater sagt, hinter sich gebracht, häßlich in dem Sinne, als habe sie die Rechtsklugheit völlig zerzaust, als habe der Intellekt, um sich überhaupt auszubilden, das Opfer ihres Leibs gefordert; kurzes, höhnisches Lachen oft, als durchschaue sie etwas, wo indessen alles offenkundig zu Tage liegt; den Kopf halb gesenkt und zur Seite gewendet, stets im Besitz ihres Fachs, ihres eisernen Willens und den hochstirnigen Verzicht zur Schau tragend. Man mag sie sich einmal als Richterin vorstellen in einem Scheidungsfall, in dem sie wegen Befangenheit – Befangenheit in erwiesener Menschenunkenntnis, in erwiesener Unkenntnis der sexuellen Materie – abgelehnt wird: «Wissen Sie überhaupt, wovon hier die Rede ist?» Man mag sich auch vorstellen, wie sie im Innersten getroffen dann ins Richterzimmer eilt und, plötzlich in Tränen ausbrechend, in den Gesetzen stöbert, die ihr alle miteinander zu einer einzigen Gesetzeslücke zusammenzustürzen drohen.

Der psychorhetorische Parasit, die hartnäckig «Noch ein Glas Wein zusammen»-Fordernde ... leert ihre Rede wie einen Scheffel Erbsen dem anderen vor die Füße. Da soll er nun lesen, die guten ins Töpfchen, die schlechten ins Kröpfchen ... muffige Diskursrückstände, Kurzworttakte aus den Chatkanälen, den ganzen Mix, den Splitter-Code, den soll er lesen, und nur in der Hoffnung breitet sie ihn aus, daß einer sich fände, der ihn entschlüsselt und ihr endlich übersetzt, was sie sagt. Oh, wie vom Kuß der Fee getroffen und erlöst, würde sie sofort das Weinglas abstellen und schnell nach Hause gehen!

Nichts schmerzlicher als ein Kind, das zuerst alles begriff und leicht zu seinem Vorteil unterschied, eines Tages an die durchschnittliche Vernunft zu verlieren und im Jargon der Argumente und Informationen daherreden zu hören ... die Erde retten, die Menschenrechte wahren, davon moralisieren sie schon mit zehn oder zwölf! Ach, wenn dies tückisch Gute, dieser gefallene Engel des Allgemeinen sein Herz und seinen Mund verschonen würde!

Ein hohes Ansehen genoß das Alter in Gesellschaften, in denen man früh starb. Wer überlebte, alt wurde, galt als der Bessere. Die demographische Entwicklung in unseren Breiten löst die Aristokratie des Alters für immer auf. Die schrecklichste aller Mehrheiten, die Massengesellschaft der Greise, die ohne Nutzen für irgend jemanden und, sofern es sich demnächst um meine Generation handelt, auch ohne nennenswerte Lebenserfahrung ihren endlosen Abendfrieden genießen, zehrt vom Blut der Kinder – viele bilden schon als Dreijährige den Gesichtsausdruck der künftigen Mehrheit aus: uralt.

Nur die zweite Hälfte des Jahrhunderts weiß, was die erste wiegt. Der Zusammenbruch, die Zäsur, die Halbierung geschah, als die Kunst zu groß, der Geist zu mächtig wurde. Dann fuhr die Barbarei dazwischen. Die zweite Hälfte gehört daher den Hausmeistern und Gärtnern.

Da ist ihm auf einmal, als brüte der heiße, kranke Leib dort unten in der Kuhle, im weißen, muffigen Nest ein ganz fremdes Wesen hervor, als verungeheure sein Kind. Haben nicht die Frankensteins ihr geradewegs an den Stamm gelangt, im Lebensnerv herumgestochert, wenn nicht gar daran herumgeschnitten und -geflickt? Das ist wahrhaftig nichts Geringes und nichts Oberflächliches. Unterm Messer ist wohl immer Todesangst im Körper, trotz Tiefschlaf und Narkose; auch wenn er sich nicht rührt, das Wesen bäumt sich dennoch auf, es schreit, es rast und kehrt dann von diesen Grenzen vielleicht beschattet und verführt zurück.

Nun, nach der Sorge, ist es damit wieder vorbei. Immer deutlicher tritt jetzt die Maske des alten Mannes aus dem ermüdeten, breiten Gesicht hervor, nimmt das Geflacker seines seltsam vorgerückten Geistes wieder zu. Züge der Kraft und solche des Verfalls beherrschen nebeneinander dasselbe Gesicht wie bei einem unfesten, doppel- oder wechselzeitigen Fabelmonster, das in Gegenwart und Zukunft, in Männlichkeit und Greisentum zugleich sein Leben führt. Die matten, graublauen Augen, wunschlos groß. Das zwanghafte Abschweifen des Blicks, wenn Grit mit ihm redet und ihn alles, die nebensächlichsten Gegenstände zerstreuen und vom Zuhören ablenken. Das struppige dunkelblonde Haar, zerlegen und verwirbelt, seit langem nicht frisiert, mit abgespreizten wippenden Strähnen. Die schlaffen Falten unterm Kinn, die Trinkerrillen unter den Augen, die trockene, schuppige Haut, die etwas zu kurze, aufgestülpte Nase wie die eines Silen, und doch über allem die breite, steile Stirn, die nicht beschleichbare, wehrhafte Front. Die rechte Hand häufig über dem Herzen ruhend wie in Erwartung eines Schlags von dort oder auch nur um hin und wieder nervös am Brustnippel zu drücken. Die aufgedunsenen Wangen und der volle, erschlaffte Mund, die Lippen, die etwas so Weiches, ja Eingeweichtes haben, daß man an ein in Kaffee gestipptes Brötchen denken muß. Ein immer halb aufgeklapptes Maul, als hätte ein unmäßiger Schrei die Muskeln überdehnt, die Gesichtsfarbe so schwach und fahl, als sei sie nach einem unmäßigen Erbleichen für immer entwichen; ein jähes, absolutes Erbleichen, von dem keine Haut sich je wieder erholte. So ist er, wie durch ein Gewitter höchster Strahlen, plötzlich Greis und ein halber Idiot geworden, mitten im besten Mannesalter.

Ein Grund für seine geringe Ungeduld in allen Lebenslagen war die senkrecht aus dem Nichts herabgleitende, metallisch glänzende Leiter, die ihm bei Bedarf zur Verfügung stand und es ihm erlaubte, sich den albernsten Konflikten des Lebens, etwa wenn eine Freundin ihn mit dem Nachweis seiner Untreue in die Enge zu treiben suchte, durch schnellen Hinanstieg zu entziehen. Sobald sich die Lage beruhigt hatte und das Leben parterre nach einiger Zeit wieder in gewöhnlichen Bahnen verlief, stieg er ebenso gelassen aus der Sphäre seiner vorübergehenden Aerifizierung wieder herab, und seine Wiederkehr jeweils zum rechten Augenblick bereitete allgemein große Freude.

Ich habe diese Frau immer betrogen. Nicht mit der ein oder anderen zufälligen Geliebten, sondern ausschließlich mit mir. Indem ich sie in diese Falle, ein Leben mit mir, lockte und sie darin festhielt, eine Gefangene, für die ich alles so bereitete, daß sie sich immer frei und selbständig vorkam.

Doch diejenigen täuschen sich, die in der Nachbarwohnung *jetzt erst* gegen die Wand klopfen, weil die Liebe nebenan ihnen zu laut wurde, früh am Morgen, die Freude der beiden in diesem breiten warmen Bett, das nun längst leer ist. Die Bettdecken rutschen noch immer in unendlicher Verzögerung von den Kanten, der Pyjama und das königsblaue Nachthemd blieben auf dem Weg ins Bad am Boden liegen, das Milchglaslicht über dem Spiegel brennt noch, aber die Wohnung ist verlassen, ein Bündel schmutziger Wäsche wurde um ein Stuhlbein gewickelt, als wäre es krank. Doch bei den Nachbarn kommt der Lärm dieser Liebe jetzt erst an, so daß sie heftig gegen die Wand pochen und darüber nebenan in Streit verfallen. So ist es nun einmal, nachdem der *Zeitspalter* zwischen die Menschen fuhr und die *eine* Gegenwart *für alle* zertrümmerte, in lauter unfügbare Bruchstücke teilte: daß bei den einen etwas längst vorüber und vergangen ist, wenn es die anderen gerade erst erreicht.

Auf einem großen Fest, das eine junge Stewardess zu Ehren ihres siebzigjährigen Vaters gab, kam ein älterer Herr auf sie zu, ein starker Asthmatiker mit vergilbten schütteren Haaren, und sagte:

«Ich beneide Sie. Sie dürfen Ihren Vater feiern – Sie dürfen sich mit Stolz an seiner Seite zeigen.

Bei mir zu Hause sah es etwas anders aus. Nie durfte ich meinen Vater ehren. Mein Vater war Arzt, ein charmanter Mann, klug, belesen, erfahren im Umgang mit allem Schönen, vor allem den Frauen. Als KZ-Arzt beteiligte er sich kurz vor Kriegsende an der Erschießung von fünfzehn debilen Männern und Frauen. Er schoß natürlich nicht selbst, aber er fertigte anschließend die, na, die Sterbeurkunden aus. Man stellte die Leute im Hof zum Gruppenfoto zusammen und feuerte aus den Fenstern einer gegenüberliegenden Turnhalle. Die deutsche KZ-Medizin, namentlich die genetische Psychiatrie, galt damals weltweit als innovativ. Bis spät in die dreißiger Jahre kamen Fellows der amerikanischen Rockefeller-Foundation nach Deutschland, um sich mit den Ergebnissen der genetischen Psychiatrie zu beschäftigen. Ähnlich verhielt es sich übrigens mit den Fortschritten in der Luftfahrtmedizin, die man in Deutschland studieren konnte. Ja, man findet sogar noch nach '45 eine Reihe von amerikanischen Studien, die auf KZ-Daten aufbauen. Das nur nebenbei.

Als Junge liebte ich ihn, wie man seinen Vater nur lieben kann; er war immer für mich da. Ich habe mein Bestes von ihm gelernt, die Liebe zu den Büchern – die Liebe selbst. Nach dem Krieg – er kam erst mit siebenundsechzig Jahren aus der Gefangenschaft zurück – machte man ihm als einem der ersten KZ-Ärzte den Prozeß. Er wanderte ins Zuchthaus, lebenslänglich. Langsam kam ich in das Alter, in dem ich begriff, was geschehen war. Ich schrieb ihm verzweifelte Briefe. Er versuchte sich zu rechtfertigen. Er versuchte nicht, seine Tat zu entschuldigen, aber er wollte wenigstens zu mir, seinem Sohn, eine Schneise schlagen durch das Dickicht des unentschuldbaren Vergehens, in das mir mein geliebter Vater entschwunden war. Oder in das ihn sogar meine anmaßende Moral verstoßen hatte. Ich habe aber den Weg zu ihm, den er mir öffnete, nicht genutzt. Ich brach eines Tages die Verbindung zu ihm ab. Unterdessen war ich zum Studieren in eine andere Stadt gezogen. Er erkrankte einige Zeit später schwer und wurde durch Vermittlung der Kirche schließlich zur Pflege nach Hause gebracht. Dort traf er in meiner Mutter auf einen Menschen, der sich ihm vollkommen entfremdet hatte. Es dauerte dann kaum zwei Monate, bis er sich auf dem Dachboden erhängte. Wir rannten damals in den Straßen herum und prügelten uns mit Polizisten vor der amerikanischen Botschaft. USA-SS-SA. Unser Bewußtsein gab dem Herzen keinen Pardon. Wir mußten uns in Bewegung setzen.»

Die junge Frau hörte widerstrebend zu, kräuselte ab und an befremdet die Stirn, denn sie verstand eigentlich nicht, wovon die Rede war. Noch viel weniger, weshalb der unbekannte Gast sie so eindringlich gerade an sie richtete. Sie dachte: der Mann ist düster und faltig wie der nahe Tod. Ein Bote der Kälte schien er ihr, wie sie ihn aus Horror-Filmen kannte. Das sind dann Untote, die eine junge Frau verschleppen und zu den Ahnen entführen. Der ultimative Entführer! So einer. Das Bildarchiv in ihrem hübschen Schädel lieferte ausschließlich unpolitisches Grauen aus neueren Medien. Deshalb verkannte sie den alten Mann und fürchtete sich vor ihm. Doch statt zu fliehen, gab sie ihm schnell die Hand, offenbar um zu prüfen, ob er auch die richtige, ihrer Vorstellung entsprechende Kälte abgab. Doch anders als erwartet, empfing sie einen fieberheißen

Stoß aus der Berührung. Sie schrak zurück und schüttelte ihre Hand aus, mehrere Male, wie man früher die Quecksilbersäule bei einem Thermometer herunterschlug.

Ein betrunkener Mann kommt frühmorgens in die Reinigung. Vielleicht hat er die ganze Nacht hindurch getrunken, aber er spricht noch ganz gut, steht noch gerade auf den Beinen. Nur der Verstand ist schwerflüssig und der Blick schwimmt. Er zeigt den beiden Frauen, die hinter der Annahme stehen, einen Fleck auf seinem Hosenbein. Sie möchten ihn doch bitte wegputzen. Die beiden Frauen erklären, er müsse die Hose dalassen, so auf die Schnelle könne man den «Fettfleck» (war es einer? oder nur eine rasche schamhafte Definition zur Verhütung genaueren Hinsehens) nicht beseitigen. Da der Mann nach einer kleinen Weile seine Bitte im gleichen Wortlaut wiederholt, erklären die Frauen nun hinter- und durcheinander mehrere Male, daß er die Hose da lassen müsse. Sie nehmen überhaupt keine Rücksicht auf die besondere Geistesverfassung des Manns. Doch indem sie den Betrunkenen wie einen nüchternen, höchstens schwerhörigen Menschen behandeln, indem sie ihn weder hinausweisen noch ihm beim Verstehen ihrer Erklärung behilflich sind, sondern ihn einfach so stehen und eine verächtliche Geduld walten lassen, wirken die beiden besonders unverschämt, obwohl sie sich doch aus Ängstlichkeit und Peinlichkeit so unentschlossen verhalten. Der Betrunkene scheint tatsächlich zu erwägen, sehr zäh, sehr mühsam, ob er die Hose ausziehen soll. Aber da er nicht auf fröhliche, sondern auf eine dunkle und verschlossene Weise betrunken ist, bewahrt ihn ein dumpfer Widerstand im Gemüt davor, sich hier vor den Frauen zum Clown in Unterhosen zu machen. Er stiert noch eine Weile in die unabänderliche Lage, zuckt dann die Schultern und verläßt traurig-beleidigt den Laden. Die Frauen der Reinigung wenden sich ab und gehen in den hinteren Raum zum Bügeln und Mangeln. Sogleich nehmen sie wieder mit ganzem Eifer den Klatsch über eine gemeinsame Freundin auf, in dem sie der Betrunkene unterbrochen hat. Nicht mal ein leises Kopfschütteln oder Kichern schicken sie dem merkwürdigen Mann hinterher. Außer den Kräften der Ausbeutung und der Angst scheinen nur noch die der Nachlässigkeit und des Desinteresses die Verhältnisse der Menschen untereinander zu regeln. Und nimmt man den Leuten das tiefe Desinteresse aneinander, so vermehrt man wohl bloß ihre Angriffslust.

Skizze zu einem Schicksal

Es handelt sich um G., einen angesehenen Musikverleger, der binnen kurzem alles verlor, was er sich über viele Jahre hin erworben und aufgebaut hatte. Einem von Natur besonnenen und tatkräftigen Mann hatte der plötzliche Bruch der gewohnten Verhältnisse, der ohne sein Verschulden eingetreten war, das innerste Gleichgewicht beschädigt, die sichersten Befähigungen, über die er verfügte, verstört und benommen. Jeder weitere Schritt, den er von nun an tat, jede nächste Entscheidung, die er traf, waren im Grunde dazu angetan, sein Mißgeschick stetig zu vergrößern.

Angestellter eines Verlagsimperiums, eines Medienkonzerns, wie man heute wohl sagen muß, hatte er dort die Abteilung für Musik und Musikalien von ihrer Gründung her verantwortlich betreut und großgezogen. Neben der Herausgabe von Büchern, Noten, historischen Partituren galt seine Haupt- und Lieblingsbeschäftigung dem <studio für neue musik>, von ihm selbst ins Leben gerufen und später um ein Schallplattenlabel erweitert, das dann sogar seinen Namen trug und schnell einen guten Ruf gewann. Wirtschaftlich blieb die Unternehmung entschieden erfolglos. Je unverwechselbarer und sorgfältiger das Programm, um so stärker verlangte es Zuschuß und Sonderzuwendungen. Diese Kosten waren dann auch ausschlaggebend für die Entscheidung der Verlagsleitung, sich kurzfristig und ersatzlos von G.s Steckenpferd loszusagen, da das Haus seine Investitionen für andere Zwecke benötigte. Man einigte sich darauf, die kleine Firma, die G. schließlich für sein Lebenswerk ansah, mitsamt allen Urheberrechten und bestehenden Verträgen aus dem Konzern herauszutrennen und in sein Eigentum zu überführen. Von nun an mußte er sein <studio> mit den Mitteln und den Risiken des selbständigen Unternehmers betreiben Eine rasche Verkettung von Fehlentscheidungen, zu hoch geschraubte Erwartungen und andere Mißlichkeiten brachten den Betrieb jedoch schneller in Gefahr, als irgend jemand, der G.s glückliche Hand von früher kannte, hätte vermuten wollen. Es gelang ihm unterdessen nicht, die Musiker, Sänger und Autoren, die zum großen Teil durch ihn zu Erfolg gelangt waren, dahin zu bewegen, ihre Forderungen wenigstens vorübergehend zurückzustecken. Mit manch einem alten Freund zerstritt er sich, andere entzogen ihm das Vertrauen. Er übernahm sich finanziell, vermehrte hastig seine Planung und Produktion, und binnen Jahresfrist brach die Firma zusammen. Sein Name, sein Label verschwanden vom Markt, alle Verträge wurden aufgelöst, er selbst, hochverschuldet und stellungslos, war in der untersten Senke seiner Laufbahn angelangt. Da das Scheitern den einmal Geschwächten nicht wieder ausläßt, sondern mit kleinlicher, erbärmlicher Konsequenz nachstößt, verdarb nun auch in seinem privaten Haus das Leben. Über all die eifrigen Jahre hatte es nur eine untergeordnete, stützende Rolle für ihn gespielt, wenn seine Leidenschaft, die ihn immer mit vielen Menschen zugleich verband, es überhaupt zur Kenntnis genommen hatte. Seine Gefährtin verließ ihn für einen anderen, fast zum gleichen Zeitpunkt, da ihm auch die Arbeit und das Wirken zerbrochen waren.

Wie gesagt, was als Verhängnis gilt, ist eine kranke, feige Bestie, die nur den Angeschlagenen reißt. Er bekam eine

Arthrose, die Fingergelenke schwollen an, er konnte nun nicht einmal als Jazzpianist, als der er in jungen Jahren begonnen hatte, seinen Lebensunterhalt verdienen. Er, eine väterlich-anführende Person, eine ordnende und sorgende Autorität, benötigte doch dringend die Gemeinschaft und Abhängigkeit von anderen, um durch sie erst seine überlegenen Fähigkeiten zum Vorschein, zur Entfaltung zu bringen. Mit sich allein gelassen, war er sehr viel ärmer und auswegloser dran als sonst irgendein vereinsamter Mensch. Die eigne Person ohne jede Zuordnung war ihm beinah nichts, ein Abgrund, ein Unding, ein Gespenst. Er verzog sich in sein Haus, und wenn ihn jemand ansprach, so gab er ein wirres Grummeln oder unbesonnenes Gerede von sich. Ein Tatendrang im Leerlauf und vollkommene Entmutigung wechselten einander ab.

Eines Tages trat ihm eine junge Frau gegenüber, eine sehr junge sogar, beinah ein Menschenalter später geboren als er, der nun schon auf die Fünfzig zuging. Eine ungewöhnlich wache und offene, aber in vielem eben noch sehr unentschlossene Person. Er indessen, kaum daß er ihr begegnet war, hatte seinen Entschluß auch schon gefaßt. In ihr und mit ihr wollte er nun auf der Stelle sein neues ‹Imperium› begründen, ein ganz anderes diesmal, das nur aus Liebe, Familie, Haus und freischaffendem Künstlertum bestehen sollte. Endlich der eine Mensch! Endlich der Einzige! Immer nur hatte er es mit Menschen in der Schar, in Anordnung und Abfolge zu tun gehabt, immer nur viele zugleich beachtet und gebraucht. Nie sich nur einem einzelnen mit aller Wärme und Nähe, zu der er fähig war, zugewendet. Dies tat er jetzt. Die junge Frau erwiderte seine Liebe und nahm sie sehr ernst. Doch spürte sie wohl, wieviel Unbewältigtes er in die neue Verbindung brachte, spürte seinen gepreßten Willen, es diesmal besser und ganz anders zu machen. Ein ordnendes, fast ein wenig zwanghaftes Planen und Formen von persönlicher Geschichte – mit Überdruck alles das nachzuholen, was er so lange versäumt hatte – hinderte ihn oft, ihre schöne Gegenwart froh und absichtslos zu genießen.

Ja, sie merkte es bald, daß sie beide nicht die gleichen Lebenszeiten und -mengen hatten und daß ihre Erwartungen und Erfahrungen sie immer bedenklich unterscheiden würden. Sie, die Neue, die Anfängerin, war nun für ihn an die Stelle einer zusammengestürzten Welt getreten, und noch in seiner glücklichsten Hinneigung zu ihr vernahm sie das gewalttätige Vergessen eines tief enttäuschten Manns. Personen und Umstände aus seiner Vergangenheit, die er für schuldig an seinem Fall hielt, durften im übrigen nicht weiter erwähnt werden, so daß ihr waches Fragen und Erkundigen oft gegen harte, stumme Reste stieß.

So erwarb sie innerhalb kurzer Zeit viel Menschenkenntnis und wurde rasch klüger, vielleicht zu rasch, in der Nähe dieses verletzten Manns, der sich mit seinem ganzen Gewicht an sie gehängt hatte. Und da sie es als ein Wunder empfand, ihm begegnet zu sein, und doch fürchtete, daß er sie in Wahrheit nicht meinte, versuchte sie nun, behutsam widerstrebend, Zeit zu gewinnen und ihn in seinen übereilten Schritten aufzuhalten. Sie entzieht sich seinem Drängen nach Heirat, mißtraut seinem weichen Bedürfnis nach Herkömmlichkeit und Sitte, die womöglich nur dazu dienen sollen, die eigne innere Ordnung wiederherzustellen. Sie weigert ihm auch das Kind, das schon entsteht, und treibt ab ohne seine Zustimmung. Sie will, sie muß ihn erst dahin bringen, daß er sie klar mit allen Sinnen sieht. Wie aber soll das geschehen? Ihr Zögern, ihr Mißtrauen entmutigen, erschüttern ihn, lassen ihn vorübergehend an ihrer Aufrichtigkeit zweifeln, aber nie an seiner eigenen. Er begibt sich auf eine längere Reise – eigentlich nur, um sie aus der Ferne noch heftiger zu verklären, um sich ihr in langen Briefen mit noch viel schöneren Worten zu eröffnen, als er es Aug in Aug bisher getan hat. Unterwegs besucht er einen alten Freund, einen Saxophonspieler, für den er ein Konzertstück komponiert hat. Dieser spielt es auch und freut sich darüber. Er ist indessen nicht der Mann, der G. verheimlichte, daß er sein Talent als Komponist für beschränkter hält als seine Fähigkeit, Musik zu entdecken und zu fördern. Der Vorbehalt macht ihn traurig, trifft aber nicht tief, es war eben nur ein erster Versuch. Gerührt und überzeugt durch seine Briefe, empfängt ihn zuhaus die Freundin und sträubt sich nicht länger, ihm anzugehören nach allen Regeln, an denen ihm gelegen ist. Die beiden heiraten, unternehmen eine lange Reise, leben dann sehr zurückgezogen in einer billigen Stadtwohnung. G. besorgt ihr bescheidenes Auskommen mit Musikkritiken und

Rundfunkbeiträgen. Ein Kind kommt zur Welt, und für G. tritt nun endlich ein, was er seit dem ersten Anblick dieser jungen Frau erhofft und erstrebt hat, er steht seiner Familie vor, sorgt, pflegt, ordnet an mit der gleichen Sicherheit und Treue, mit der er früher seinen Verlag geleitet hat. Seine Rolle hier wird freilich immer anspruchsvoller. Immer weniger Aufgaben fallen an die Frau, und die versieht sie schlecht, in dem Bewußtsein nämlich, daß sie in beinah jeder Fähigkeit von ihrem Mann übertroffen wird. Dies hat zur Folge, daß ihr Selbstvertrauen ebenso wie ihr Verantwortungsgefühl nach und nach geringer werden. Es dauert nicht lange, und die junge Mutter, die allen Wünschen und Forderungen des Manns und gewissermaßen auch der Natur Genüge getan hat, fühlt sich überflüssig und unverstanden. Das Interesse an der engen, verschworenen Gemeinschaft läßt nach, Neugier und Wachheit erschlaffen. Sie drückt es deutlich durch den Körper aus. Die Dinge des täglichen Gebrauchs gleiten ihr häufig aus der Hand, die Schlüssel, die Milchflasche, die Zigarettenschachtel, sie läßt alles fallen. Sie kränkelt, ermüdet früh und gerät außer Form. Sie nimmt das Alter einer verbrauchten Hausfrau an, als wollte sie damit, schal und stumm, ihrem Mann bedeuten, er möge sie endlich zu ihrer Jugend zurückverführen. Vielleicht aber auch, um sich in dieser Gestalt von ihm zu entfernen. Kurz bevor es zu spät ist und sie für immer unförmig und verdrossen geblieben wäre, gewinnt sie den Mut, sich um ihr eigenes Leben zu kümmern. Sie übernimmt ein Volontariat in der Anzeigenabteilung einer

Zeitung, lernt andere Menschen kennen, findet Freundinnen, trifft einen jüngeren Mann, entzieht sich der Familie. Ihr Mann sieht dies alles geschehen und steht eigentlich nur hilflos und ungläubig daneben. Sie aber, draußen frei und fordernd geworden, stellt ihn zur Rede, greift ihn an, überhäuft ihn mit Vorwürfen Ein langwieriger Streit entsteht, die verschiedenen Lebensalter klaffen unversöhnlich auseinander, bald wird das Rechten schäbig und bös.

«Du hast gelebt!» ruft sie, «du wirst nie wieder das, was du einmal warst. Ich aber will noch etwas werden, ich will noch leben!»

Der Mann muß schließlich erkennen, daß er ein weiteres Mal gescheitert ist. Seine großmütige Bestimmung, zu gründen, zu bauen, zu entwickeln und ganz allein Verantwortung zu tragen, so wie er's früher tat in seinem ‹studio›, ließ sich an einem lebendigen anderen Menschen nicht zur gleichen Wirkung bringen. An nur einem, dem Einzigen, den er so gesucht und erwählt hatte.

Es kommt zu fürchterlichen Szenen, zu qualvollen Versuchen, das Ganze doch zu retten, aber es nützt nichts mehr. Die Ehe bricht, die beiden gehen schnell auseinander.

G. verschwindet, fährt unruhig umher, verkriecht sich in ein Zimmer mit Tabletten. Nun gibt es nichts mehr, was ihn zusammenhielte. Allein, das ist für ihn fast wie Erstikken, Atemnot.

Unterdessen hat sein Freund, der Saxophonist, im kleinen damit begonnen, neuen Jazz zu produzieren, hat sich in eine Firma eingekauft und bittet eines Tags G. um Rat, eventuell auch Mitarbeit. Der tief von sich abgefallene Mann richtet sich mühsam wieder auf, er folgt dem Angebot des Freunds, findet zurück in die eingeprägten Spuren seiner Leistung, seines Könnens. Wie nicht anders zu erwarten, verbessert sich seine Lage nun recht zügig. Er wirkt am Aufbau mit, wird unverzichtbar, gewinnt die Oberhand und lebt schließlich wieder ganz im alten Sinn aus seinem unbeugsamen positiven Willen. Seine zukünftige Frau ist eine enge Mitarbeiterin, und beide sind der Musik und Produktion verbunden fast mit größerer Leidenschaft, als sie füreinander haben.

Ein Besuch bei seinem Kind beendet die Geschichte. Es stellt sich heraus, daß seine frühere Frau, anders als es zunächst scheinen mochte, keineswegs verwunden hat, was sie für die große Begegnung ihres Lebens hält. Diesen Mann, der sie so gewaltsam erfand und verkannte, hatte sie nicht schadlos überstanden. Sein schweres, reifes Alter, dieser dunkle Flügel, der sich über sie gebreitet hatte, ließ ein gedrücktes, mißtrauisches, vom Schutz zerstörtes Wesen zurück. Ihre frohe, arglose Art war einer frühreifen Bitterkeit, einem unerfahrenen Erwachsentun gewichen. Allen nur erdenklichen Einflüssen des Zeitgeschmacks hatte sie sich hingegeben, wahllos und süchtig, und hatte doch von ihm, nur von ihm dies andauernde Zittern der Entbehrung zurückbehalten.

Nun redet sie ihn an. Sie redet eine Menge törichtes

Zeug, Vorwürfe und Warnungen, Bitten und Wünsche und endlose Selbsterklärungen. Aber darin kaudert und scharrt dieser Schmerz, der unaussprechlich ist. Der Mann entgegnet ihr mit wenigen kalten Worten. Er kehrt ihr den Rücken zu und hockt neben dem spielenden Kind.

«Laß mich nicht so lang allein», befiehlt sie leise und verwirrt.

Er hört es nicht. Er sieht sie nicht einmal an, wenn er wieder geht.

Jeden Tag gibt es einen Augenblick, da sieht er seine Frau so entschlossen auf sich zukommen, daß ihr Gang gar nicht anders enden kann als mit den Worten: Hast du einen Augenblick Zeit? Ich muß etwas mit dir besprechen.

Jeden Tag einmal stockt sein Herz in der Erwartung ihrer Abschiedsworte.

Als hätte er sie bereits gehört, eine Sekunde bevor sie sie ausspricht, erwidert er und greift ihr voraus: Wenn du gehst ... Wenn du wirklich gehst ...

Und sie erstaunt: Warum sollte ich gehen?

Aber ihr Ton stimmt nicht. Und er sagt sich: Sie wird wahrscheinlich keine Abschiedsworte an mich richten. Sie wird einfach gehen. Folglich habe ich inzwischen Angst vor jedem ihrer Schritte, die ich höre im Haus. Und ich glaube in diesen Schritten eine zielstrebige Vorbereitung jenes letzten zu bemerken, den ich je von ihr hören werde.

Diese Angst, erweitert um die Angst vor dem jähen Entzug aller gewohnten Umstände. (Die Angst *erweitert* um? Man kann ihr alles zuordnen, nur nicht das Attribut «weit», denn Angst und eng sind vom selben Wortstamm!) Vor dem Absturz in Einsamkeit, in der man niederrauscht bis vor die Tore des Nichts. Dazu die Angst, von der Lawine all dessen, was war, verschüttet zu werden. Aber auch die Angst vor ihrem tatendurstigen Blick, der seinem Blick des Voraussehens ausweicht, dem Blick der innersten Vorausnahme von Wahn, Krankheit, Zerfall und Katastrophe.

Er, den Talisman gegen das Unabwendbare noch auf der Brust, wurde eines Nachts aus dem Schlaf gestoßen, weil es klopfte, nackt an sein Herz klopfte es, und da trat sie ein ... die Zukunft, im Nachthemd und den Kopf unterm Arm, ein Kindergespenst.

Auf dem Kissen, im Abdruck des Hinterkopfs, in der kleinen Mulde lag zurückgelassen ein Häufchen ihres Schmucks.

Nach so vielen Jahren der Gemeinsamkeit trifft ihn aus heiterem Himmel – ein Wangenkuß am Morgen – der Pfeil vollendeter Befremdung: Dies ist nicht meine Frau!

Er sah, daß die gemeinsame Lebenszeit eine Sache ist, *der andere* aber eine andere. Über die nichts hinwegtäuscht und die von Dauer, Halt und Bindung ganz unberührt bleibt, ja, die am Ende elementarer ist als die Zeit.

Nach fünfzehn Jahren unverbrüchlicher Gemeinsamkeit ein Augenblick, ein Schleierriß: dies ist nicht mein Mann. Der Pfeil vollendeter Befremdung.

Du warst der mir nächste Mensch, du warst der sprichwörtlich *andere*. Aber du bist ein Mann. Es gibt genügend Beweise, daß ein Mann über jede Grenze zieht und auch die, *der andere* zu sein, überschreitet. Unsere lange Wanderung war eine andauernde Unterwanderung meiner Person. Und sogar der Gewißheit, die einst von dir Geliebte zu sein.

Nun nicht mehr.

Der adrette kleine Musikprofessor, bei dem er in vorgerückten Jahren noch einmal Klavierunterricht nahm, brachte Grüße aus der gemeinsamen Heimatstadt von ältlichen Freundinnen, die sich unermüdlich erinnerten. Er sprach mit so unbewegtem Gesicht, als sei ihm ein ganzes Bündel von Mienen herausgerissen sowie der Schleier des Lächelns geraubt worden. Sein Schüler sah: der Mann besaß keinen Humor. Keinen Humor haben, was heißt das? Ist das, wie wenn man eine der Spektralfarben nicht sehen kann? Oder die Welt als eine geschlossene Kette von bitteren Notwendigkeiten erlebt und erkennt? Niemals der tiefere Einblick, sondern lediglich der teilblinde Blick eines den nackten Tatsachen verfallenen Menschen kann einen Totalausfall von Humor verursachen. Weil allerdings in dem Wort Humor etwas unerträglich Harmloses anklingt, scheut man seinen Gebrauch. Sein besserer Sinn ist jedoch vom runden Behagen so weit entfernt wie das Gemüt von der Gemütlichkeit. Es zeigt sich, daß mit ihm, dem Humorlosen, nicht flüssig oder geschmeidig zu reden ist. Der Humor hält doch die Verbindung zum Humoralsaft, ist selbst eine Gleitflüssigkeit, dank derer die Worte sich nicht sperren, nicht sprödbrüchig feststehen und splittern, sondern ständig ein wenig schaukeln, sich wenden und drehen.

Die Händlerin auf der hohen Kante

Eines Morgens wurde die Edelsteinhändlerin durch einen rohen, feuchten Windzug unsanft geweckt, und als sie sich von ihrem Bett erheben wollte, da erblickte sie unter sich, in einer Tiefe von einigen hundert Metern, die blaßroten Dächer der kleinen Stadt, in der sie ihr Geschäft betrieb. Hauslos, ohne jede schützende Umgebung ragte ihr Bett, das sie im Scherz zuweilen ihr ‹Allerheiligstes› nannte, in Wolkenkratzerhöhe hinauf und schwankte auf seinen vier dünnen Pfosten frei in den Lüften.

Es war, als hätte Gott ihrem Jungmädchenbett, in dem sie sich mehr als zwanzig Jahre gekrümmt und ausgestreckt hatte, die Hammelbeine langgezogen. Oder es war, von der Kehrseite betrachtet, als sei ihre Schlafstatt wie der Sprungfederteufel aus der irdischen Kiste gefahren, so daß nun, als sie erwachte, ein dunkler, unförmiger Wolkenbauch über ihr lag. Es fehlt in den Sprachen der Völker ein Wort für die Anwandlung des Grauens, welche der Händlerin jetzt zugemutet wurde, aber es fehlt ja auf der Welt auch an einem vorangegangenen Beispiel, nach dem je ein Mensch in eine ähnlich freie und katastrophale Lage versetzt worden wäre. Selbst wenn man sich an die atemberaubenden Kunststücke von Hochseilakrobaten erinnern mag, die über Häuserschluchten hinwegbalancieren und oft genug einem plötzlichen Windstoß nicht mehr standhalten konnten und in den sensationsgierigen Rachen der Menge hinabstürzten – die einsame Aussetzung der Händlerin war dennoch weit gefahrvoller und furchtbarer. Ihr Bewußtsein war in diesen ersten wachen Sekunden selbst nichts als ein einziger Absturz, ein wirbelnder Fall, eine dumpfe Zerschmetterung. Sie wagte nicht, sich zu regen. Sie lag mit aufgerissenen Augen und erstarrten Fingerkrallen in der Offenbarung der absoluten Furcht. Aber ist es nicht schon überirdische Grausamkeit, daß ein Mensch sich in einer solchen, seinem Verstand nicht mehr begreiflichen Lage befindet und trotzdem bei wachen Sinnen bleiben muß, die Regenluft riecht, den Wind fauchen hört, die Tiefe unter sich nach Metern abschätzt, anstatt daß er ohnmächtig wird oder daß ihm das Herz stehenbliebe? Das Bett schwang in einer leicht kreisenden Bewegung, das Gestell ächzte und knarrte, doch die dünnen Pfosten schienen weit elastischer, als gewöhnliches Lindenholz überhaupt sein kann.

Plötzlich brach über ihr der Regenbalg auf, und ein gewaltiger Guß überschwemmte ihr Bett, sickerte durch Laken und Matratze und rann ihr über die blanken Augen, die die vom Entsetzen gelähmten Lider nicht mehr beschützten. Kurz darauf dehnte sich die wulstige Wolke und ein gelber Sonnenstrahl stach hervor. Er blendete sie, so daß sie für eine Weile nur schwarze Fasern tanzen sah. Bald schien sich der Strahl jedoch zu mildern und räumlich zu erweitern, denn jetzt sah sie eine Art Kanal oder Schacht sich auftun, und dann konnte sie auf einmal eine lange Reihe von glitzernden Stegen erkennen, die schräg in die weitere Höhe führten. Wie denn? Noch höher hinauf? Sollte dies ihre einzige Rettung sein, nämlich in diesem Sonnenschacht höher und immer höher hinaufzusteigen? In eine völlig ungewisse Höhe, und dann ohne *jede* Verbindung zum Erdboden, die doch immerhin mit den langen Bettbeinen unterhalten wurde, und später vielleicht, mit schwindendem Licht, plötzlich selbst erloschen und fortgenommen sein? Nein, keinesfalls wollte sie in diese ganz andere Gefahr hinübertreten, obgleich sie die unterste Sprosse bequem hätte erreichen und umklammern können. Jedoch, verglichen mit dem Aufstieg ins Unbekannte, wenn nicht gar

Endlose, schien ihr selbst das entsprungene, schwankende Bett mehr Sicherheit zu versprechen, zumal es für sie trotz allem noch immer mit Wärme und Geborgenheit zu tun hatte. Mit äußerster Behutsamkeit drehte sie sich vom Rücken auf die rechte Seite und drückte ihre Wange in das nasse Kopfkissen. In einiger Entfernung zog ein Bussard seine stille Runde und schwebte, ohne um sein Heil bangen zu müssen, in derselben freien Höhe, in der auch sie sich befand, die Emporgeschossene, die dem sicheren Fall Vorbehaltene. Plötzlich stand der Vogel, spähend über die Feldflur, rüttelte heftig und schoß pfeilschnell in die Tiefe. Nie hatte die Händlerin einem Vogelflug sehnsüchtiger zugesehen. Wann endlich werde ich fallen? dachte sie, wann geschieht das Unvermeidliche, wann bricht das Gestell? Ein Mensch, bloß, ohne Hilfsmittel, von der Natur nicht für die Lüfte gerüstet, ausgesetzt in seiner tödlichen Wiege, er kann ja nur fallen, nichts als fallen und sich zu Tode stürzen. In diesem Augenblick vernahm sie ein mächtiges Flügelsausen, und als sie leicht den Kopf anhob, da erblickte sie den Bussard wieder, der nun am Fußende ihres Bettes hockte und eine dicke Kröte in seinem Fang trug.

Häufig hast du dich gefragt, was wohl einige Personen, die sich mit Kunst hervortun, die sich mit etwas so Entlegenem und von der Allgemeinheit so Ungemochtem wie der Kunst der Heutzeit beschäftigen, was sie wohl dazu verleiten könnte, in die Öffentlichkeit zu treten und sich neben den rundum Beliebten aus Sport und Showgeschäft ebenfalls bekannt zu machen; zu Darstellern eines Ereignisses von höchstem Rang zu werden, das aber schon für ihre Nachbarn keines mehr ist und auch niemals eines werden wird. Ebenso häufig hast du für dich entschieden, daß diese Personen aus reinem Geltungstrieb und nicht zur Erfüllung eines geistigen Auftrags handeln, denn dieser könnte noch so hervorragend sein, die Idee des magazinären Allerleis würde ihn immer niederringen. (So ein Medium ist durch und durch vom Unterhaltungsauftrag schon erfüllt. Es ist *immer* heiter, denn ihm ist alles gleich.)

Daher: niemals sich blitzen, filmen, verhören, ehren oder sonstwie erwischen lassen und den Schutz im Strom der Menge dankbar genießen. Auf dem Hintergrund solcher Überzeugungen gehst du in ein Museum, eine Jahrhundertausstellung, bei der Besucherrekorde zählen. Gesammelt überschreitest du die Schwelle, da schießen plötzlich drei Männer auf dich zu, Blitzlichter zünden, Scheinwerfer strahlen, eine Dame mit Mikrofon in der Hand steht vor dir. Man hat ja bloß auf dich gewartet: du bist der hunderttausendste Besucher der Ausstellung und mit dem Schwellenübertritt standst du in der Öffentlichkeit. Dir wird ein Bildband überreicht und einer kostenlosen Führung durch den Museumsdirektor kannst du nicht ausweichen. Auch wird tags darauf dein Name in den Lokalblättern genannt und ein Foto, das dich als den von der Öffentlichkeit ertappten, wirr auf Flucht sinnenden Museumsgast zeigt, der du auch wirklich warst, wird abgebildet. Allerdings: niemand hat dich als den am Rand hervorstehenden Kunstschaffenden identifiziert, von dem schon hin und wieder, bei anderen Gelegenheiten, in denselben Zeitungen die Rede war. Dieser blieb unerkannt und unermittelt. Du hast zwar deinen wahren Namen, doch als Beruf <Hausmann> angegeben. Insofern ist es gräßlich gewesen und noch einmal gutgegangen.

Späte Schüchternheit

Sie treffen sich zum Abendessen im chinesischen Restaurant. Sie ist eine Woche im Tessin gewesen, allein. Es gäbe eine Menge zu erzählen. Aber es fällt ihr nicht leicht. Angst in vielen Fächern. Angst, zu langweilen oder zu enttäuschen. Angst vor seinem Desinteresse, Angst, sich ungenügend auszudrücken. Angst, unter einem Erdrutsch seiner Neigung zu verschwinden.

Sie hat ein kleines Geschenk mitgebracht und schiebt es ihm unter die Serviette.

Sie ist Angestellte in einem Phonoladen, er ein Lokalreporter beim Rundfunk. Die Geschichte spielt – nein, sie hält an, steht still – nach dem Glück, nicht lange danach. Jenes Glück, mit dem er sie überrumpelt hatte, das sie für kurz in unbekannte Höhen des Selbstbewußtseins (oder der Selbsttäuschung) emporriß, um sie dann, nachdem es über sie hinweggezogen war, ratlos, doppelt unsicher, schüchtern und nur noch anhänglich zurückzulassen.

‹Wieso ich?› – das hatte sie sich anfangs wohl gefragt. Aber wie schnell war die scheue Skepsis verflogen, wie schwach und süß hinfällig war diese Frage bald geworden und wie kurzlebig war sie, verglichen mit jener anderen jetzt: ‹Wieso ich nicht mehr?› Eine Frage, die beharrlich offenblieb und ohne Hoffnung, je wieder von einer kreatürlichen Unbesonnenheit zerstreut zu werden.

Sie macht einen Versuch, von der Reise zu erzählen. Aber nur ein Hündchen schlüpft dabei heraus, das Hündchen mit dem scharlachroten Cape um den Leib, das sich auf einem Arkadenhof nach ihr umdrehte.

Der Mann neigt den Kopf, die Arme über der Brust gekreuzt, Kinn und Wange zwischen Daumen und aufgerichtetem Zeigefinger.

Sie kann nicht erzählen. Sie kann einfach nichts plastisch darstellen. Die Frau sitzt mit aufgestützten Ellenbogen am Tisch. Die beiden Hände sind flach ineinandergesteckt. Mal knickt sie das rechte, mal das linke Handgelenk ab. Und zuweilen legt sie das vorgeschobene Kinn auf die verflochtene Fingermatte. Sie sieht sein Gegenübersitzen und sein drohendes Zuhören. Sie sieht, wie er die Hand aus dem Gesicht nimmt und beide Arme fest um die Brust verschränkt. Gemütlich-gefaßt sieht es aus. Aber auch wehrhaft-selbstverstrickt. Herz und Brust abgeschirmt.

Man umarmt sich selbst als Armierung Und zupft mit verdeckten Fingern unter den Achselhöhlen am Pullover. Man thront, aber bloß als Selbstbeherrscher.

Sie mit ihrem Kopf voll Musik – die unzähligen Einspielungen aller Beethoven-, Liszt-, Skriabin-Sonaten unterscheidet sie kenntnisreich – diese Musik mit ihren streunenden Versprechungen, plötzlichen Erregungen, tiefen Trosten; diese Kunst, die so sehr zum anderen drängt – er hört keine Musik. Er macht sich nichts daraus. Er kommt ohne Musik aus. Er hört mit, ja, aber er hört nicht hin. Woher nimmt er bloß den Stoff für seine Leidenschaft, die er besitzt, das ist erwiesen, wenn doch Musik ihn letztlich nicht berührt? Er liest nicht viel. Er geht gern spazieren. Ein Augenmensch? Nicht unbedingt. Eher nach innen gekehrt. Er ist auch feinfühlig, aber eben unmusisch.

In dieser verdammten Nähe werfen unsere Augen Schleier über den anderen! Jedesmal, wenn sie nicht da ist und ihre Abwesenheit ihn wie eine ideale Nähe umgibt, dann reuen ihn die harten Zensuren, die er ihrer Gegenwart erteilte. Dann spürt er, daß nur Gutes von ihr kommt und sie von Grund auf gut ist. Ungenügen bereitet allein ihr leibhaftiges Gegenüber.

Man selbst ist es, man selbst ganz allein breitet den Schleier des Wohlgefallens, des Geheimnisses, der freundlichen Fremdheit über den geliebten oder auch nur dringend benötigten Menschen. Kein Ich ertrüge die nackte

Nähe eines anderen. Und jeder kennt den plötzlichen Riß im Schleier; es genügt ein querständiges Meinen, irgendeine auffällige Nachlässigkeit, und die Spitze eines umwölkten Massivs von Unverträglichkeit wird jäh erhellt – wen lieb ich mir da?

Sie traut sich nichts mehr zu. Still sieht sie ihn an, die Wange schräg auf die Handrücken gelegt, mit mutlosem Lächeln. ‹Ich kann nicht gehen›, sagt ihr Blick, ‹du mußt es tun.›

Er weicht jeder Entscheidung aus. Wirklich? Im Grunde hat er sich längst entschieden: er möchte alles so lassen, wie es ist. Obgleich das kaum gehen wird. Die Gefühle, die Erwartungen ecken überall an in diesem schrägen Verhau.

Er spricht nicht zu ihr. Schwere von Du und Raum. Sitzen, beiseite starren, immer scheuer werden. Vom Schweigen in den Schwitzkasten genommen. Verwickelt, zugeschnürt. Kein Mund, kein Wort, keine Hand. ‹Ich habe dich verloren. Du antwortest nicht mehr.›

Und all das Flüstern, Sagen, Rufen, wie es einmal zwischen ihnen war, verrauscht zu einer Meereswelle über der Frau, die schwer, gefüllt mit unsäglichen Steinen, auf den Grund sinkt. Oben, weit oben, wo die Lichtflecken schaukeln, ist Sprache, von Luft und Sonne verwöhnt; wie ein hohes Segel liegt sie am Hauch verständigter Menschen.

Es gibt keinen zwingenden Grund, es sein zu lassen. Dazu gehören Zusammenstöße, Aufbruchsstimmung. Die Ermüdung jetzt zuweilen ist – so paradox es klingt – auch eine Methode der Achtung. Es muß doch statthaft sein, daß man sich ein wenig geniert nach dem Fest begegnet. Ein wenig wieder auseinanderrückt nach diesem Vorfall von größter Heftigkeit, von blinder Wucht. Von ihm aus könnte es in Ruhe so weitergehen. Allein der Gedanke an Abschied erzeugt in ihm einen Überschuß an Wärme und Zuwendung, der zur Zeit in ihrem Verhältnis nicht unterzubringen ist.

Er sagt ohne das mindeste Zucken des Zweifels: ‹Ich bin froh, daß es dich gibt.› Oder: ‹Ich danke dir, daß du bei mir bist.›

Wenn sie angesprochen wird in Zuwendung, dann beginnt sie für einen Augenblick, wie erweckt, zu reden. Kurz darauf aber sinkt ihre Stimme, sie hält inne; sie spürt einem Berührtsein nach, so wie ein junges Mädchen früher die Augen niederschlug. Aber es ist auch, als befiele sie eine leichte Trauer, eine mélancolie dévote im Angesprochenwerden.

In Ascona beim Bunten Abend, der Conférencier, der sie auf die Bühne holte, obwohl sie sich nicht gemeldet hatte, und der zu ihr sagte: ‹Bitte ziehen Sie Ihre Schnürsenkel aus› –

Unvorstellbar jetzt, wie aus diesem zersetzenden Gegenüber, aus diesem zersetzenden physischen Bemerken je ein Weg hinausführen könnte in die freie Dunkelheit der Umarmung, mit der notwendigerweise auch dieser Abend schließen wird. Ihm unvorstellbar jetzt: sie mit weiter Pupille, flehmender Lippe, sie mit den rauhen, jähen Erhebungen, die den Körperschlägen eines gefangenen Fischs gleichen. Sie – die Einsame dort vor ihm, *seine* Einsame, die er jetzt niemals umarmen könnte. Sie über den Teller gebeugt beim Essen, die langen, frisch gewaschenen Haare, die auf die Mahlzeit zu fallen drohen, mit der rechten Hand zusammenfassend, nach hinten und oben zurückwerfend, die leicht ordinär verzerrten Mundwinkel, wenn sie das Frittierte mit den Zähnen zerknackt, ihre dünnen, um nicht zu sagen spillrigen Finger, bei denen das vorderste Glied auffallend stark abknickt, wenn sie die Stäbchen in den Reis drückt …

Wir haben uns aufeinander vermindert bis auf den Knoten des Glücks. Den soll er mir erst einmal lösen! Es ist dann in den Nächten doch immer wieder ein Wunder, trotz soviel Stau und Stocken vorher. Ich fühle dich, ich rieche dich, ich schmecke dich …

Auffallend übrigens ihre Hemmung gegenüber Kellnern und Taxifahrern. Sie kann allgemein schwer danke sagen. Besonders aber bei Dienstleistungen, für die man bezahlen muß. Es würde ihm leichter fallen, das Wort an sie zu richten, wenn endlich das schief-wissende Lächeln von ihrem Gesicht verschwände, mit dem sie so notdürftig ihre Unsicherheit maskiert. Glimmt da nicht im ängstlichen Auge dauernd ein Nebenlicht von Spott? Der stünde ihr schlecht zu Gemüt! Und will sie nicht die Zähne zeigen, wenn sie die Brotkrümel zwischen die Schneiden steckt?

Es wird immer etwas geben, über das man nur schwer hinwegkommt So wie ihr letztlich unverständlich bleibt, daß einem Menschen, dem sie nahesteht, eine bestimmte Melodie, die sie über alles liebt, nicht das gleiche sagt wie ihr. Sie wird es hinnehmen müssen, daß er Musik, die sie erhebt und entspannt, die sie braucht, um überhaupt einen anderen Menschen fühlen, berühren zu können, daß er Musik im Grunde nicht bemerkt, daß sie ihn kalt läßt.

Stärker als alle getrost zupackenden Hände, die je an seine Haut gelangten, wird ihm ihre gehemmte, notleidende Hand in Erinnerung bleiben. Die nicht fassen, nicht greifen, nicht einmal streicheln konnte, sondern nur immer dies periphere, verwischende Reiben über sich brachte. Ein Liebkosen, das Gänsehaut erregen konnte. Darf man überhaupt, wenn man an solcher Behinderung krankt, einen anderen zu sich bitten? Wie sehr hat er darunter gefröstelt und es doch erduldet, sich damit abgefunden schließlich, weil sonst nur Gutes von ihr kam, vor allem ihre ernste, unbeholfene Körperkraft, die ihn noch immer fesselt! … Nur dieses trockne Schürfen, das seine Haut für Augenblicke zu Pergament erstarren läßt, zu einem toten Gewebe, zu einem Kopfkissenbezug –

Er sieht mich wohl nicht mehr. Dieser Mensch, der neben meiner Hand beginnt, verliert mich aus den Augen. Bei halber Nacht, in der Dämmerung, auf unserem langen Weg.

Was bleibt übrig, wenn wir alle Stummheit und alle Enttäuschung einmal abziehen? Immer noch ein Wunder. Immer noch etwas Wunderbares.

Die beiden Talentsucher

Nachdem man mich auf der Terrasse so schlecht behandelt hatte und auch du nicht näher auf mich geachtet hast, lief ich eine Zeitlang ziellos und aufgelöst durch den Schloßgarten und versuchte mich langsam wieder in Ordnung zu bringen. Um mich besser zu beruhigen, begann ich eines meiner Lieder zu proben. Du mußt wissen, daß es nach den öden Jahren auf dem Postamt mein größter Wunsch ist, eine wirklich gute Liedermacherin zu werden. Das wollte ich eigentlich schon immer, und irgendwie werde ich es auch noch schaffen. Als ich nun ein paar Strophen gesungen hatte, da traten plötzlich zwei ausgefallene Gestalten hinter der Hecke hervor. Sie grüßten sehr höflich und machten mir Komplimente wegen meiner Stimme und wegen des Lieds, das ich gerade geübt hatte. Sie gaben sich bald als Talentsucher aus, als Agenten und Produzenten, als Profis und Konzertveranstalter und was weiß ich noch alles. Sie kamen allerdings nicht aus dem gleichen Stall, sondern machten sich untereinander aufs schärfste Konkurrenz, wodurch sich der Eindruck, daß sie es auch ernst meinten, für mich noch verstärkte. Der eine war also der Agent der Schwarzsicht und der andere der Agent der Zuversicht. Der erste, der von der Melancholie, war ein verlotterter Prinz mit löchrigem weißem Cape, zerrissenen Strümpfen, bekleckertem Wams. Der andere war ein winziges Männlein, das auf einem Bein mit rotem Schuh stand oder tänzelte, während das zweite Bein im Gürtel seiner feinen seidenen Pumphose steckte. Die Schwarzsicht war also ein Mensch von hohem Wuchs, die Zuversicht ein verwachsenes Kerlchen. Jedoch sah jener elend und heruntergekommen aus, so war dieser nicht nur elegant gekleidet, sondern tanzte auch so leicht wie ein Blatt im Wind auf der Stelle.

«Wenn du mir folgst», sagte zuerst die schlottrige Schwarzsicht, «so wird deine Begabung behutsam gefördert. Wenn du dann eines Tages reif genug bist und den großen Durchbruch geschafft hast, dann wird dein Aufstieg zu legendärer Größe durch nichts mehr aufgehalten werden. Denn deine Kunst, hart geprüft und reich entfaltet, wird jeden Wechsel der Moden mühelos überleben.»

«Ha!» rief darauf das Männlein Zuversicht, «sieh ihn

dir nur an, den Lumpenprinz! Was er dir verspricht, kann er erstens nicht halten und zweitens wird es dich nicht zufriedenstellen. Wenn du ihm folgst, dann wirst du lange auf deinen Erfolg vergeblich hoffen, und bevor es noch zum großen Durchbruch kommt, wirst du längst verbittert und verfinstert sein und damit das kleine Publikum, das dir ohnehin nur beschieden ist, auch noch vergraulen. Solltest du aber auf mich hören, so werde ich dich nicht nur zu einer erstklassigen Sängerin machen, sondern darüber hinaus zu einer Pilotfigur für einen weltweiten Trend, für eine ganz neue Kultbewegung.»

Auf diese Worte erwiderte nun Prinz Schwarzsicht mit zittrigem Hohn: «Du siehst es ja selbst: hier wirbt ein Krüppelchen für die Athletenschule! Mehr ist dazu eigentlich nicht zu sagen. Im übrigen, selbst wenn! Solche Bewegungen, auf die er setzt, weil er keine beständige Qualität zu bieten hat, die kommen und gehen schneller als du nur deine Akkorde finden kannst. Wenn du aber erst einmal eine wirkliche Künstlerin bist, dann werden deine Lieder den Leuten über Generationen im Gedächtnis bleiben.»

«Kurzum, ich biete dir eine steile Karriere», unterbrach ihn schroff der Bucklige.

«Ich biete dir reife Kunst», setzte der Scheppe dagegen.

«Ich die breite Menge», so der Winzige.

«Ich die treuen Kenner», so der Wacklige.

«Ich den Welterfolg», das Stümpfchen.

«Ich den langen Ruhm», der Schlabbes.

«Nun», sagte ich schließlich, «ihr braucht euch vor mir nicht gegenseitig zu überbieten. Nennt mir lieber gleich die Geschäftsbedingungen, die mit euren erstklassigen Angeboten verbunden sind.»

Denn ich wußte ja, daß einem in dieser Branche nichts geschenkt wird. «Wollt ihr euch eine goldene Nase an mir verdienen?»

«Wir stellen keine finanziellen Bedingungen», sagte Prinz Schwarzsicht, «und wollen keine unlauteren Geschäfte mit dir machen. Die einzige Forderung, die wir haben, ist vielmehr die, daß du, sobald du dich einmal entschieden hast, überall und aus tiefster Überzeugung für eines unserer beiden Prinzipien eintrittst, ohne Wanken und Weichen und, was auch immer kommen möge, ein ganzes Leben lang. So ist es doch, nicht wahr?» Der Zuversichtsgnom nickte beifällig und sagte: «Ja. In diesem Punkt und nur in diesem sind wir uns einig.» Daraufhin unterbreitete ich, einer plötzlichen Eingebung gehorchend, dem ungleichen Paar einen handfesten Vorschlag. «Ihr habt mir beide zwei riesengroße Versprechungen gemacht. Wenn ich mich nun entscheiden soll, wem von euch ich mich ein für allemal verschreiben werde, dann muß ich vorher wissen, wer von euch auf große Worte auch große Taten folgen lassen kann. Laßt euch also ein Beispiel für eure außerordentlichen Fähigkeiten einfallen und führt es mir im Wettstreit vor.»

Das Zuversichtsstilzchen antwortete: «Darauf bin ich bestens vorbereitet. Ich werde dir sogleich vorführen, wie ich mir selbst den Kopf abschlagen kann, wie dieser mein Kopf einmal um den Mond kreist, während zu gleicher Zeit mein Rumpf durch den Erdmittelpunkt hindurchsaust, und wie beide, der Kopf aus der Höhe, der Rumpf aus der Tiefe, hier vor deinen Augen wieder zusammentreffen und ein heiles Ganzes bilden.»

«Und ich», beeilte sich der Schwarzsichtsschlaks, «ich werde dir in noch kürzerer Zeit vorführen, wie ich mich von unten nach oben selber verbrenne, in Asche zerfalle, durch die Wurzeln dieses Baums hier aufsteige, als Eichkapsel vom Blatt falle und vor deinen Füßen zu meiner vollen persönlichen Gestalt wieder aufwachse.»

Damit erklärte ich mich einverstanden, und eh ich mich versah, gingen die beiden ans Werk.

Der Gnom zog ein blankes, kurzes Schwert hinter seinem Rücken hervor, holte mit seinem rechten Arm weit aus und schlug sich den Kopf ab. Unterdessen stand, wo eben noch der schäbige Prinz war, schon ein wogender Flammenbusch. Ich wußte gar nicht, wo ich zuerst hinschauen sollte, so schnell geschahen diese Undinge. Eben noch erblickte ich dort den Zuversichtsrumpf, durch dessen kopflosen Hals das Blut zurück in den Körper floß, dann hier die graue Asche der Schwarzsicht, die sich in den Boden verkräuselte, und wieder dort den Kopf des Männchens, der wie ein Satellit in die blaue Unendlichkeit davonschwirrte, während der Rumpf sich durchs Unterholz abwärts ins Erdinnere bohrte.

Verschwunden waren sie beide. Nun wußte ich doch

zumindest, daß sie es ernst meinten mit ihren Angeboten und keine leeren Versprechungen machten. Ich werde mich also für den entscheiden, der zuerst wieder vor mir erscheint, so sagte ich mir; allerdings, es kommt auch noch darauf an, in welchem Zustand er sich bei seiner Rückkehr befindet.

Aber ich hatte nicht mehr als diese beiden einfachen Gedanken gedacht, da standen sie auch schon wieder vor mir. Aus dem Himmel stürzend, aus der Erde emporschießend, so kamen ihre Teile wieder zusammen, und unversehrt standen die beiden Talentsucher, wenn auch unter heftigem Schnaufen, pünktlich wieder nebeneinander. Bei einem solchen Beweis von übermenschlicher Geschwindigkeit war es mir ganz unmöglich auszumachen, wer von ihnen der erste gewesen sei. Sie blickten mich indessen erwartungsvoll an und wollten nun wissen, wie ich mich denn entschieden hätte. Da wandte ich mich spornstreichs an den Zuversichtsfex und erklärte, daß ich ihm den Vorrang gebe und ihm folgen wolle. Das versetzte ihn derart in gute Laune, daß er mit einem Luftsprung auf dem obersten Ast der Eiche landete und von dort oben eines der Liedchen vorquäkte, die ich künftighin wohl zu singen hätte, wenn ich seinem Prinzip die Treue schwüre.

Die Schwarzsicht aber wurde nun so betrübt, daß sie der Länge nach umfiel und wie tot am Boden lag. Da ergriff mich ein großes Mitleid, ich begab mich zu ihr und erklärte, daß ich dem anderen, dem Widersacher nur zum Schein eingewilligt hätte, aber in Wirklichkeit nur ihr zu folgen wünschte. Da rappelte sie sich im Nu wieder auf und gab mir die magere Hand.

«Wenn dem so ist und du wirklich für mein Prinzip eintreten willst, dann bedarf es nichts weiter, als daß du das kleine Kunststück, das ich dir eben vorgeführt habe, selber nachmachst. Wenn du mit dir ins Reine gekommen und innerlich fest entschlossen bist, kann dir dabei nichts passieren, und es wird dir leichtfallen. Hinterher bist du dann endgültig eingeweiht in unsere Sache.»

Damit war ich einverstanden. Ich ließ mir heimlich den Zündsatz, mit dem ich mich gleich in Brand stecken sollte, aushändigen. Zugleich rief ich den eleganten Wichtel, der argwöhnisch vom Baum heruntergeblinzelt hatte, herbei, nicht ohne dem windschiefen Prinzen bedeutsam mit einem Auge zuzuzwinkern.

Auch Meister Zuversicht verlangte nun, daß ich seine waghalsige Übung nachmachte, um mich endgültig auf sein Prinzip zu verpflichten. Ohne daß Schwarzsicht es bemerken konnte, ließ ich mir also seine Waffe geben und zog mich ein wenig von beiden zurück.

Ich dachte nun, daß mich eigentlich nichts daran hindern konnte, auf beide Prinzipien zugleich zu schwören. Denn wer würde es sich nicht wünschen, sowohl eine unsterbliche Künstlerin als auch ein Liebling der Menge zu sein? Weshalb sollte ich mich also unklug verhalten und mein Talent, das ich schließlich für groß genug hielt, nur einem einzigen Prinzip und damit einer unnatürlichen Beschränkung unterwerfen? Da ich innerlich zu beiden

Welt-Sichten gleich fest entschlossen war, müßte es doch gelingen, daß mir der Leib aus der Erde wüchse und gleichzeitig der Kopf vom Himmel fiele. Und ehe noch die beiden Agenten einschreiten konnten, hatte ich auch schon Schwert und Brandsatz zugleich gegen mich zur Anwendung gebracht.

Nun wurde ich mit einer ungeheuren Wucht teils durch die Erde gestoßen, teils in die Lüfte geschleudert; von einem prinzipiellen Umlauf in den anderen gesprengt. Doch bei diesem wilden Wechsel der Bahnen büßten meine Teile ihre Anziehungskraft ein und fanden nicht richtig wieder zusammen. So kam es denn, daß von mir am Ende nur dies bißchen Gesicht aus dem Boden wuchs. Denn die beiden Prinzipien hatten sich heillos miteinander verheddert und dabei ihre Wunderkraft verloren. Als nun mein Spacing beendet war und ich, in der Wiederherstellung verunfallt, am Boden festhing, ein niederwüchsiges Krautgeschöpf, das nicht mehr so schnell in die Höhe kam, da stürzten die Talentsucher herbei und erkannten sofort, daß ich sie schamlos betrogen hatte. Nun sahen sie, daß ich wohl einerseits eingeweiht, zum andern aber für ihre Zwecke nicht mehr zu gebrauchen war. Darüber wurden sie furchtbar wütend und rissen mich mit den Wurzeln hinter den Ohren aus der Erde – Schmerzen erlitt ich, wie sie ein entbundener Mensch niemals auch nur ahnen kann. Im hohen Bogen warfen sie mich aus dem Garten hinaus. So bin ich denn hier unter die liederlichen Farne des Walds gefallen und muß mich ihrer Zudringlichkeiten ständig erwehren. Einem habe ich bereits das Genick durchgebissen, damit er mich nicht mehr belästigt mit seinem klebrigen Wedel.

Nachwort

Es ist schon die erste Geschichte des «Mannes, durch Schläge und Beraubung so erniedrigt, dass er sich kaum noch aufrecht hält und immer wieder zur Erde gleiten muss [...], wo er sich, zu Boden gestreckt, mit beiden Händen vorwärtsstoßend, über die Fahrbahn schleift», die ich unzählige Male gelesen habe und die sich, so kommt es mir vor, nie erschöpft, als erneuerte sie sich immer wieder aus einer geheimen Quelle.

Anfang der achtziger Jahre, mit 22, 23, bin ich auf Botho Strauß gestoßen, als ich, wieder einmal auf der Suche nach neuer Lektüre, die Harburger Bücherhalle durchstöberte und mir, mehr oder weniger zufällig, das gerade erschienene «Paare, Passanten» griff. Von diesem Buch, seinem bis heute wohl populärsten, hatte ich schon gehört; in einer Besprechung stand etwas von einem «intellektuellen Kultbuch der Linken». Oder so ähnlich. Ich schlug Seite 55 auf, die «Botschaft eines Kambodschaners an seine Frau, bevor er von den roten Khmer hingerichtet wurde». Dieser gerade einmal zwanzig Zeilen lange Text traf mich mit einer Wucht, dass mir die Tränen in die Augen schossen. Ich hatte nicht geahnt, dass es *so etwas* gibt. Und nachdem ich das Buch ausgelesen hatte, stand fest, dass ich fortan alles von Botho Strauß lesen würde. Es geschieht wohl nicht oft, dass ein Leser auf einen Autor trifft, bei dem er sich so umfassend wiederfindet und der ihn so tief berührt, wie Literatur es überhaupt nur vermag, aber eben das ist mir mit Botho Strauß passiert.

Viele der hier versammelten, zumeist unbetitelten Prosastücke (die längste, «Skizze zu einem Schicksal», umfasst sieben Seiten) sind nur wenige Zeilen lang. Collagen, Betrachtungen, Erzähl-Miniaturen: Vor vielen Jahren, lange bevor ich mich selber in der Schriftstellerei versuchte, begann ich, meine Lieblingstexte von Botho Strauß zu sammeln und aneinanderzureihen, immer wieder neu zu gruppieren, versuchsweise zu einem Ganzen zu montieren. Das geschah absichtslos, nur für mich, mit Schere und Klebestift. Am Ende trug ich die Sammlung in den Copyshop: Es war eine, wie man sagen könnte, fragmentarisierte Auswahl geworden (wodurch sie sich auch von der 2012 von Thomas Hürlimann herausgegebenen, ausgezeichneten Anthologie «Sie/Er» unterscheidet). Unmerklich steigerten sich in der Folgezeit bei jeder weiteren Fassung Taktung und Intensität, und mir war, als fügten sich die Texte von allein in eine zwingende Reihenfolge. Meine Auswahl ist darum weniger repräsentativ, vielmehr subjektiv und entspringt einer nun mehr fast dreißigjährigen Leseerfahrung.

Das hängt auch damit zusammen, dass ich, von Haus aus Musiker, Botho Strauß als einen der musikalischsten Schriftsteller überhaupt empfinde, mit einem untrüglichen Gefühl für Komposition und Melodie, vor allem aber für den Rhythmus. Die Sätze hämmern, jagen, fiebern, verdichten sich, wie von einem imaginären *Pulse* getrieben, zu atemloser Prosa, vergleichbar etwa den rasend schnellen Altoläufen eines Charlie Parker. Das verbrauchte Diktum «Kein Wort zuviel und keines zuwenig» wird auf diese Weise bei Strauß auch klangliche Wahrheit.

2008 war ich endlich halbwegs zufrieden mit der Zusammenstellung. Ich ließ von der Zettelsammlung einige wenige Exemplare binden, um sie *sehr* ausgesuchten Freunden zu *sehr* speziellen Anlässen zu schenken. Ich war stolz darauf, als hätte ich sie selbst geschrieben. Noch einmal drei Jahre später habe ich das Konvolut meinem Verleger Alexander Fest gegeben, der daraufhin vorschlug, Kontakt zu Botho Strauß und zu dessen Verleger aufzunehmen.

Mein Buch soll Strauß denjenigen nahebringen, die nichts oder so gut wie nichts von ihm gelesen haben, gerüchteweise der Meinung sind, er sei zu kompliziert, elitär, anstrengend – eben langweilige Hochliteratur –, oder denen er seit dem «Anschwellenden Bocksgesang» als Repräsentant einer neuen Rechten verdächtig ist. Denn diesen Schriftsteller kann man tatsächlich nur durch ein Buch kennenlernen: Strauß, ein, wie er sich selbst bezeichnet, «Unverbundener», der seit vielen Jahren zurückgezogen in der Uckermark unweit der polnischen Grenze lebt, gehört einem nahezu ausgestorbenen Intellektuellentypus an. Niemals lässt er sich in Talkshows befragen, er gibt so gut wie keine Interviews und würde auch sonst keine der Dummerhaftigkeiten mitmachen, zu denen wir uns alle verleiten lassen, um unsere Arbeiten zu verbreiten.

Man kann diese Sammlung zur Hand nehmen, ein paar Seiten lesen, sie dann wieder weglegen; ob sie sich dazu eignet, im Ganzen gelesen zu werden, in ihrer außergewöhnlichen Dichte, kann ich nicht sagen. Meine eigene Wahrnehmung ist, dass die Texte nachhaltiger wirken, wenn man sie sich in nur geringen Dosen zuführt. In den Lesepausen stellen sich dann Verstrebungen her, unterschwellige Verknüpfungen, die sich zu einer einzigartigen Gesamtstimmung, zu einem – für mich – großen Gesamtbild fügen.

Und was sind die verbindenden Züge? Da ist Strauß' Liebe zum Phantastischen, Märchenhaften, mit ihren unzähligen Chiffren und Symbolen: ein von Schachtelmenschen bevölkerter Bauernschrank; ein Dialog zwischen Grill und ausgespucktem Kaugummi; ein Einsamer, der von den vermeintlich hunderttausend Grobianen (in Wahrheit sind es nur einhundertdreißig) besucht wird, die ihm das Leben schwer machten; Bernd, der sich in eine Bäumin verliebt, und die Händlerin auf der hohen Kante, die sich eines Morgens Hunderte Meter über den Dächern der Stadt schwebend wiederfindet.

Von hier ist es nur ein Schritt zu Albtraum, Horror und grenzenlosem Schrecken: ein sich vom Vielfraß zu einem einzigen totalen Rachen, dem *Maul der Mäuler* wandelnde Gast; der auf Däumlingsgröße schrumpfende Franz K.; der Hintermann im Kino, der sich als der erste Unheilsbringer, der «Verderber der Lebensfrühe», entpuppt; ein Mann, der seine Frau nur wegen des verlorenen Haustürschlüssels durch die Stäbe eines verschlossenen Tores quetscht; der scheinbar tote Patient im Krankenhaus, dem das Leinen schon über das Gesicht geschlagen ist und der sich in das Tuch festgebissen hat, um es vom Gesicht zu ziehen – eine Leiche mit weiterfressendem Mund. Und die titelgebende Geschichte des in sein Haus zurückgestopften Jägers, der, über Stufen der Gierverwandlung bis an die Grenze der Entartung gelangt, den Gipfel der Verformung überschreitet.

Und da ist Botho Strauß, der Gegenwartschronist, befähigt wie kein Zweiter, in beispielloser Genauigkeit die Kriechmenschen, furchtbaren Mischwesen, nur flüchtig Skizzierten, grässlichen Schwärme, Debilen, Entstellten, Unfallfreaks zu betrachten, Menschenschicksale in einem Moment der Wahrheit festzuhalten, zugleich aber, jenseits der Extreme, über Sinnlichkeit, Begehren, Sexus, Männer und Frauen zu schreiben, wie es in unserer Sprache vor ihm nicht möglich war.

Erwähnen möchte ich aber auch, dass mir einige Texte bis heute ein Rätsel geblieben sind. Auch nach wiederholten Versuchen hab ich's nicht kapiert. Ein Grund mehr, dranzubleiben und es von Zeit zu Zeit wieder zu versuchen. Es ist ja auch ganz schön, wenn ein paar Geheimnisse bleiben.

Strauß' Prosa ist erschütternd und beglückend, und bei all ihrem Gewicht an den entscheidenden Stellen von einer Einfachheit, die erst ein Meister erlangt. Ich kenne keinen, der ihm gleichkommt. Botho Strauß ist der Autor meines Lebens.

Nachweise

Verzeichnis der hier in Kürzeln zitierten Buchveröffentlichungen auf S. 251

SEITE 7: Ein Mann, durch Schläge ..., zit. nach: *Partikular,* S. 124 f.

SEITE 8: Sie konnte es nie verwinden ..., zit. nach: *Aufenthalt,* S. 89.

SEITE 8: Botschaft eines Kambodschaners ..., zit. nach: *Paare,* S. 55.

SEITE 9: Ein Mann, dem sich die Dinge ..., zit. nach: *Nacht,* S. 136 f.

SEITE 9: Der zerschlissene Mensch ..., zit. nach: *Beginnlosigkeit,* S. 59 f.

SEITE 10: A., nur ein Parteigenosse ..., zit. nach: *Paare,* S. 173.

SEITE 11: Ein ehemaliger Kursteilnehmer ..., zit. nach: *Nacht,* S. 42 f.

SEITE 12: Zur Disproportion von Seele ..., zit. nach: *Kopist,* S. 101.

SEITE 13: Unvermietetes Zimmer ..., zit. nach: *Partikular,* S. 110 f.

Seite 14: Wenige Schallpartikel genügen …, zit. nach: *Untenstehende*, S. 91.

Seite 15: Ein Trinker-Ehepaar im Kaufhaus …, zit. nach: *Paare*, S. 32 f.

Seite 17: Seine Liebe war ein Akt …, zit. nach: *Aufenthalt*, S. 142.

Seite 17: «Bilder der Freude» …, zit. nach: *Wohnen*, S. 52 f.

Seite 18: Was uns bewegt …, zit. nach: *Beginnlosigkeit*, S. 90.

Seite 19: Es begann Mitte August …, zit. nach: *Untenstehende*, S. 49 f.

Seite 20: «Na, Frau Lehmann … », zit. nach: *Rumor*, S. 99 f.

Seite 21: Als er am Abend …, zit. nach: *Beginnlosigkeit*, S. 86 f.

Seite 22: In einer Nacht …, zit. nach: *Nacht*, S. 6.

Seite 23: Der arme Angeber, zit. nach: *Niemand*, S. 99–103.

Seite 28: Die Menschen der westlichen Welt …, zit. nach: *Aufenthalt*, S. 31.

Seite 29: «Sie sind eine verschlossene Frau … », zit. nach: *Aufenthalt*, S. 212 f.

Seite 31: Am bewölkten Himmel …, zit. nach: *Aufenthalt*, S. 126.

Seite 31: Leeres Kino, lichte Leinwand …, zit. nach: *Fabeln*, S. 7.

Seite 32: Ein ehemals blonder, sorgenvoller Mann …, zit. nach: *Fabeln*, S. 16.

Seite 33: Ihr Aufblick mit Handschaufel …, zit. nach: *Fabeln*, S. 17.

Seite 33: Der verdiente Mitarbeiter …, zit. nach: *Fabeln*, S. 150.

Seite 33: Neben dem spindeldürren Kerl …, zit. nach: *Fabeln*, S. 35.

Seite 34: Die Geschichte des Gehörnten …, zit. nach: *Fabeln*, S. 44.

Seite 35: Sie, die nach einem furchtbaren Wort …, zit. nach: *Fabeln*, S. 50.

Seite 35: Ursprünglich waren die beiden Geschlechter …, zit. nach: *Paare*, S. 136–139.

Seite 38: Tag und Nacht, zit. nach: *Niemand*, S. 104–106.

Seite 41: Der Busfahrer, der eine Ladung …, zit. nach: *Paare*, S. 110.

Seite 42: Der zurück in sein Haus gestopfte Jäger, zit. nach: *Junge Mann*, S. 71–73.

Seite 44: Eines Morgens im Hobbygarten …, zit. nach: *Rumor*, S. 113 f.

Seite 45: Ich höre ein Wimmern …, zit. nach: *Aufenthalt*, S. 164 f.

Seite 45: So wie der Gefangene …, zit. nach: *Aufenthalt*, S. 241 f.

Seite 46: Der Tropfen der Deformation …, zit. nach: *Nacht*, S. 37.

Seite 47: «Seht, nun bin ich da!» …, zit. nach: *Aufenthalt*, S. 64.

Seite 47: Zwei Kammerdiener kamen …, zit. nach: *Aufenthalt*, S. 171 f.

Seite 48: Wenn mein Mann …, zit. nach: *Wohnen*, S. 83.

Seite 49: Nun liegt sie über dem Kühler …, zit. nach: *Rumor*, S. 39.

Seite 49: Frau mit Telefon, zit. nach: *Niemand*, S. 86–90.

Seite 55: Die Tochter mit ihrem Haardutt …, zit. nach: *Paare*, S. 128 f.

Seite 55: Hunderttausend Grobiane, zit. nach: *Mikado*, S. 51 f.

Seite 57: Sie wird dich verraten …, zit. nach: *Rumor*, S. 24 f.

Seite 58: Mittags kommt die Debile heim …, zit. nach: *Niemand*, S. 198.

Seite 60: Der Tod war ihm schon lange sehr nah …, zit. nach: *Partikular*, S. 82 f.

Seite 60: Besuch von M. …, zit. nach: *Paare*, S. 18 f.

Seite 61: Mich befreien …, zit. nach: *Untenstehende*, S. 95 f.

Seite 62: Der Hintermann, zit. nach: *Mikado*, S. 63 f.

Seite 64: Wie man ihn zittern spürt …, zit. nach: *Untenstehende*, S. 124 f.

Seite 65: Was sie nicht alles …, zit. nach: *Aufenthalt*, S. 114.

Seite 66: In der Claudiusstraße steht …, zit. nach: *Rumor*, S. 104-110.

Seite 69: Alles hat seine Zeit …, zit. nach: *Fabeln*, S. 59–61.

Seite 71: Du liebst den Menschen …, zit. nach: *Fabeln*, S. 69 f.

Seite 72: Ausgefranste Gewerbesiedlung ..., zit. nach: *Rumor,* S. 117 f.

Seite 74: Sie wußte genau ..., zit. nach: *Aufenthalt,* S. 93.

Seite 74: Grauen und Angst ..., zit. nach: *Wohnen,* S. 95 f.

Seite 76: Mitunter liest man in einer Geschichte ..., zit. nach: *Aufenthalt,* S. 236 f.

Seite 77: Zu Besuch, zit. nach: *Niemand,* S. 80–84.

Seite 82: Die Zahlen, zit. nach: *Mikado,* S. 148–150.

Seite 86: Wie bei einem Stern ..., zit. nach: *Nacht,* S. 22 f.

Seite 86: «Du mußt dich endlich ...», zit. nach: *Aufenthalt,* S. 65.

Seite 87: Der Rolladen der alten Concierge ..., zit. nach: *Niemand,* S. 199.

Seite 87: Dabei hatte es durchaus nicht immer ..., zit. nach: *Niemand,* S. 108.

Seite 88: Ein älterer Kaufmann ..., zit. nach: *Niemand,* S. 210.

Seite 89: Mochte den Vater nicht ..., zit. nach: *Paare,* S. 93 f.

Seite 90: Der Richter fragt den alten Mann ..., zit. nach: *Paare,* S. 174.

Seite 90: Dieser dort will nichts ..., zit. nach: *Paare,* S. 133.

Seite 91: Es ist der Vater ..., zit. nach: *Aufenthalt,* S. 145.

Seite 91: Der Geist ..., zit. nach: *Aufenthalt,* S. 147.

Seite 92: «Ich bitte dich ...», zit. nach: *Partikular,* S. 10.

Seite 93: «In Feriensiedlungen» ..., zit. nach: *Kongreß,* S. 117–120.

Seite 96: Immer wieder spiegeln Menschengesichter …, zit. nach: *Untenstehende*, S. 63.

Seite 97: Irgendwann, später einmal …, zit. nach: *Nacht*, S. 30.

Seite 97: Ein Alter ist es …, zit. nach: *Wohnen*, S. 65–67.

Seite 100: Julia spielt …, zit. nach: *Wohnen*, S. 28.

Seite 101: Frühmorgens ums sechs …, zit. nach: *Aufenthalt*, S. 96 f.

Seite 102: Der Listenschließer, zit. nach: *Mikado*, S. 129–132.

Seite 106: Ich ging mit dem Schritt …, zit. nach: *Aufenthalt*, S. 243 f.

Seite 107: M., Freund und Nachbar …, zit. nach: *Aufenthalt*, S. 231 f.

Seite 108: Wenn sich der alte Herr …, zit. nach: *Untenstehende*, S. 126 f.

Seite 110: Die städtischen Wasserspeicher …, zit. nach: *Aufenthalt*, S. 184–186.

Seite 112: Und wieder war's …, zit. nach: *Aufenthalt*, S. 24.

Seite 112: Der Roman des Lebens …, zit. nach: *Aufenthalt*, S. 239.

Seite 113: Zu lesen, allein …, zit. nach: *Aufenthalt*, S. 14 f.

Seite 114: Ich spürte aber …, zit. nach: *Partikular*, S. 85 f.

Seite 115: Der Sohn aus Ulm …, zit. nach: *Kopist*, S. 182.

Seite 115: Später sah ich …, zit. nach: *Nacht*, S. 132–134.

Seite 117: Heimkehren von langer Ferienreise …, zit. nach: *Aufenthalt*, S. 120 f.

Seite 118: Ich schäme mich …, zit. nach: *Partikular*, S. 84 f.

Seite 119: Im Stadtpark geht ..., zit. nach: *Rumor*, S. 138 f.

Seite 120: Ich saß in einer Autobahnraststätte ..., zit. nach: *Kopist*, S. 111–113.

Seite 123: In der Nacht hatte ich ..., zit. nach: *Junge Mann*, S. 289 f.

Seite 124: Doppelrolle, zit. nach: *Niemand*, S. 75 f.

Seite 127: Der Alte dachte ..., zit. nach: *Partikular*, S. 106.

Seite 127: Ich sah einen Mann ..., zit. nach: *Nacht*, S. 130 f.

Seite 128: Bernd und Bäumin, zit. nach: *Junge Mann*, S. 215–218.

Seite 132: Das war zuletzt nur noch ..., zit. nach: *Kongreß*, S. 91.

Seite 133: Es sieht aus wie zu Kleinstwohnungen ..., zit. nach: *Aufenthalt*, S. 228 f.

Seite 134: Dieser Mann geht genauso stumm ..., zit. nach: *Aufenthalt*, S. 73.

Seite 134: Abgekürzt hieß es ..., zit. nach: *Aufenthalt*, S. 138 f.

Seite 135: Manchmal ein Anflug ..., zit. nach: *Aufenthalt*, S. 57.

Seite 136: Die ausgemergelte Blondine ..., zit. nach: *Aufenthalt*, S. 131 f.

Seite 137: Haltungen, Einstellungen ..., zit. nach: *Aufenthalt*, S. 55.

Seite 138: Arzt, Mann, Vater ..., zit. nach: *Aufenthalt*, S. 252 f.

Seite 139: Er war einfach ..., zit. nach: *Wohnen*, S. 14–16.

Seite 142: «Wo findet sich an ihr ...», zit. nach: *Wohnen*, S. 120 f.

Seite 143: Dem Gott der Nichtigkeiten, zit. nach: *Partikular*, S. 101 f.

Seite 145: Gut Zehl auf Zehl ..., zit. nach: *Partikular*, S. 75 f.

Seite 146: In der Welt der Entstellten ..., zit. nach: *Fabeln*, S. 161–163.

Seite 148: Allein geblieben ..., zit. nach: *Fabeln*, S. 164 f.

Seite 149: Am Nebentisch sitzen ..., zit. nach: *Rumor*, S. 121–123.

Seite 152: Dasitzen in einem Sessel ..., zit. nach: *Paare*, S. 158–161.

Seite 154: Der passive Zuschauer-Zeitgenosse ..., zit. nach: *Paare*, S. 189 f.

Seite 156: Neben der Neuronenherrschaft ..., zit. nach: *Beginnlosigkeit*, S. 13.

Seite 157: Nun, sagen die einen ..., zit. nach: *Beginnlosigkeit*, S. 40.

Seite 157: Peinlich sind nicht die Gemeinplätze ..., zit. nach: *Beginnlosigkeit*, S. 16.

Seite 158: Das Universum der Einbefaßtheit ..., zit. nach: *Beginnlosigkeit*, S. 74.

Seite 158: «Ah, Sie wählen die Vergleiche ...», zit. nach: *Beginnlosigkeit*, S. 92 f.

Seite 159: Nur Sprache selbst kann ..., zit. nach: *Beginnlosigkeit*, S. 78.

Seite 160: So ergeht es dem Idioten ..., zit. nach: *Beginnlosigkeit,* S. 22.

Seite 160: Nach einem Streit lief sie ..., zit. nach: *Aufenthalt,* S. 158–160.

Seite 162: Es war da eine ..., zit. nach: *Aufenthalt,* S. 115 f.

Seite 163: «Ebenso ergeht es dem Erotiker ...», zit. nach: *Nacht,* S. 11.

Seite 163: Der Mister Minit ..., zit. nach: *Paare,* S. 150–152.

Seite 166: Die Macht der von mir ..., zit. nach: *Partikular,* S. 173.

Seite 166: Es ist die Geschichte ..., zit. nach: *Nacht,* S. 87–89.

Seite 169: Und dann sah er seine Gefährtin ..., zit. nach: *Nacht,* S. 94.

Seite 170: Ein Mann mißhandelt ..., zit. nach: *Rumor,* S. 21–23.

Seite 172: Der Mann über den Tresen gebeugt ..., zit. nach: *Aufenthalt,* S. 62 f.

Seite 174: Da wurde der bleiche König ..., zit. nach: *Junge Mann,* S. 179–181.

Seite 176: Sie war damals ..., zit. nach: *Nacht,* S. 38–40.

Seite 178: Ein Kind hatte ihr auf der Straße ..., zit. nach: *Partikular,* S. 32 f.

Seite 179: Der heute siebenundachtzigjährige Regisseur ..., zit. nach: *Partikular,* S. 216–220.

Seite 184: Mann und Frau lagen sterbend ..., zit. nach: *Nacht,* S. 59.

Seite 184: Er sah ihr schönes Gesicht …, zit. nach: *Aufenthalt,* S. 222 f.

Seite 185: Aber da gab es ja den Eroskiller …, zit. nach: *Aufenthalt,* S. 208.

Seite 186: Die Greise …, zit. nach: *Aufenthalt,* S. 233.

Seite 186: Da saßen sie in einem großen Kreis …, zit. nach: *Aufenthalt,* S. 29.

Seite 187: Mein Kind wird diese Tage …, zit. nach: *Aufenthalt,* S. 36.

Seite 187: Und die Stadtplaner sagen …, zit. nach: *Aufenthalt,* S. 200.

Seite 188: Es treffen sich die Unverwüstlichen …, zit. nach: *Paare,* S. 69–71.

Seite 190: Der psychorhetorische Parasit …, zit. nach: *Kopist,* S. 20.

Seite 191: Nichts schmerzlicher …, zit. nach: *Kopist,* S. 15.

Seite 191: Ein hohes Ansehen genoß das Alter …, zit. nach: *Kopist,* S. 87.

Seite 192: Nur die zweite Hälfte …, zit. nach: *Kopist,* S. 73.

Seite 192: Da ist ihm auf einmal …, zit. nach: *Rumor,* S. 102 f.

Seite 192: Nun, nach der Sorge …, zit. nach: *Rumor,* S. 173 f.

Seite 194: Ein Grund für seine geringe Ungeduld …, zit. nach: *Partikular,* S. 120 f.

Seite 194: Ich habe diese Frau …, zit. nach: *Nacht,* S. 31.

Seite 194: Doch diejenigen täuschen sich …, zit. nach: *Nacht,* S. 138.

Seite 195: Auf einem großen Fest …, zit. nach: *Fabeln,* S. 167–169.

Seite 198: Ein betrunkener Mann …, zit. nach: *Paare,* S. 148–150.

Seite 199: Skizze zu einem Schicksal, zit. nach: *Niemand,* S. 49–55.

Seite 208: Jeden Tag gibt es einen Augenblick …, zit. nach: *Fabeln,* S. 48 f.

Seite 209: Nach so vielen Jahren …, zit. nach: *Fabeln,* S. 63 f.

Seite 210: Der adrette kleine Musikprofessor …, zit. nach: *Fabeln,* S. 90 f.

Seite 211: Die Händlerin auf der hohen Kante, zit. nach: *Junge Mann,* S. 123–125.

Seite 214: Häufig hast du dich gefragt …, zit. nach: *Paare,* S. 153–155.

Seite 216: Späte Schüchternheit, zit. nach: *Niemand,* S. 93–98.

Seite 223: Die beiden Talentsucher, zit. nach: *Junge Mann,* S. 317–322.

Zitierte Werke von Botho Strauß

Niemand anderes, München: Carl Hanser Verlag München, 1987. [*Niemand*]

Beginnlosigkeit. Reflexionen über Fleck und Linien, Carl Hanser Verlag München, 1992. [*Beginnlosigkeit*]

Kongreß. Die Kette der Demütigungen, München: dtv 1993. [*Kongreß*]

Wohnen, dämmern, lügen, Carl Hanser Verlag München, 1994. [*Wohnen*]

Die Fehler des Kopisten, Carl Hanser Verlag München, 1997. [*Kopist*]

Das Partikular, Carl Hanser Verlag München, 2000. [*Partikular*]

Der junge Mann, Carl Hanser Verlag München, 1984. [*Junge Mann*]

Die Nacht mit Alice, als Julia ums Haus schlich, Carl Hanser Verlag München, 2003. [*Nacht*]

Der Untenstehende auf Zehenspitzen, Carl Hanser Verlag München, 2004. [*Untenstehende*]

Paare, Passanten, Carl Hanser Verlag München, 1981. [*Paare*]

Rumor, ungekürzte Ausgabe, München: dtv 2008. [*Rumor*]

Mikado, Carl Hanser Verlag München, 2006. [*Mikado*]

Vom Aufenthalt, Carl Hanser Verlag München, 2009. [*Aufenthalt*]

Die Fabeln von der Begegnung, Carl Hanser Verlag München, 2013. [*Fabeln*]